사랑의 마중물

사랑의 마중물

발행일 | 초판 1쇄 2016년 11월 20일

지은이 | 김정의 · 최금숙
펴낸이 | 고진숙
펴낸곳 | 도서출판 문화문고
책임편집 | 김종만
북디자인 | 배경태
CTP출력·인쇄 | 천일문화사
제본 | 대흥제책
물류 | 문화유통북스
출판등록 | 제300-2004-89호(2005년 5월 17일)
주소 | 03020 서울시 종로구 자하문로 266, 612호
전화 | 02-379-8883, 723-1835
팩스 | 02-379-8874
이메일 | mbook2004@naver.com

ISBN 978-89-7744-046-3 03810

이 도서의 국립중앙도서관 출판시도서목록(CIP)은 서지정보유통지원시스템 홈페이지(http://seoji.nl.go.kr)와 국가자료공동목록시스템(http://www.nl.go.kr/kolisnet)에서 이용하실 수 있습니다(CIP제어번호: 2016026270).

사랑의 마중물

김정의·최금숙 지음

도·서·출·판 **문화문고**

프롤로그

사람의 몸에는 영혼이 깃들어 있다고 믿어왔다. 우리 부부는 영혼을 제일의로 삼았다. 그렇지만 해맑은 영혼을 간직하고 싶은 마음이 깊어진 것은 은퇴 후의 일이다. 살아 있기만 해도 신기하고 기적 같은 일인데 희망이 넘치니 이 이상 감사하고 더한 은총이 어디에 있겠는가? 그러자 생활에 기쁨이 솟았다.

젊어서 고생은 사서도 한다고 했다. 숱한 고난을 겪으며 살았다. 지나고 나니 겪은 고난 만큼 성숙했고 그 때의 고난이 행복한 날로 되돌아왔다. 어려움을 딛고 극복하고 나니 삶의 꽃이 폈고 사랑의 열매가 열렸다. 힘들수록 열매가 실했고 행복감은 컸다.

우리 부부는 가연을 맺은 지 올해로써 45년째다. 대부분의 체험은 부부의 공동 체험이다. 그러기에 유난히 많은 추억을 공유하고 있다. 믿고 의지하며 가정을 키웠고, 각자 열심히 직장생활을 했다. 틈만 나면 산행과 여행을 즐겼다. 부부는 서로 분신이자 한몸이었다. 공통 취미는 키웠고 다른 취미는 존중했다. 드디어 은퇴하였다. 이를 계기로 그때까지의 생활을 매듭짓고 거울로 삼고자 『인간과 문명 그리고 자연』(혜안, 2007)을 펴냈다.

은퇴 후의 일은 벌써부터 꿈꾸던 자연인, 자립인, 자유인의 생활이었다. 그 생활이 현직 때와는 판이하게 달랐다. 마치 니코스 카잔차

키스(『그리스인 조르바』, 열린책들, 2009)의 자유로운 영혼에 매료된 듯하였다.

나는 아무 것도 바라지 않는다.
나는 아무 것도 두려워하지 않는다.
나는 자유다.

뜻밖에 인생의 황금기를 만난 것이다. 그야말로 아름다운 세상을 누릴 수 있는 가슴 뛰는 은퇴생활이 시작되었다.

올해는 아내의 고희(古稀)다. 고희 기념으로 아내의 은퇴생활을 정리해주고 싶었다. 그래서 아내의 글로 제1편 '소소한 삶'을 필두로 제2편 '여행 에피소드', 제3편 '늦게 배우는 그림' 그리고 제4편은 은퇴 후 내가 쓴 '리뷰를 쓰는 행복감'으로 콘셉트를 잡았다. 그리고 은퇴 후의 생활 면모들을 네 가지 측면에서 모았다. 각 편에 넣을 꼭지들은 각자 블로깅 등을 통해 써왔던 글 중에서 선별 하였다. 책을 만드는 과정은 어느 책을 출간할 때보다 즐거웠다.

초고본을 교정하는 과정에서 전체를 압축하고 관통하는 표제가 떠올랐다. 그래서 탄생한 제명이 『사랑의 마중물』이다. '사랑의 마중물'은 인류의 보편적인 사랑의 가치이다. 우리는 삶 속에서 늘 서로에게 마중물이 되고자 하였다. 어느새 사랑의 마중물은 소중한 삶의 스타일이 되었다. 사랑의 마중물을 통해 삶은 더욱 성숙되었다.

우리 부부의 영혼이 깃든 『사랑의 마중물』이 다만 한 사람의 독자에 그치더라도 한 줄기 빛이 되었으면 한다.

끝으로 출판계가 매우 열악한 환경임에도 불비한 『사랑의 마중물』을 기꺼이 출판하기로 한 도서출판 문화문고 김종만 사장의 용단에 고마운 마음을 전한다. 책을 책답게 꾸며준 편집진 여러분에게도 감사한다.

뭇 독자들의 읽는 모습을 상상하며 희열과 두려움을 동시에 느낀다.

프롤로그를 마치며 하늘을 본다. 가족의 따뜻한 마음이 눈에 어린다. 사랑한다.

2016년 11월 8일

김정의 · 최금숙

/ 차 례 /

제2편 여행 에피소드

제3편 늦게 배우는 그림

제4편 리뷰를 쓰는 행복감

제1편

소소한 삶

숟가락 베개

숟가락 베개라고? 손녀한테 들었다.

주말이면 큰 아들네 식구가 우리 집에 온다. 저녁을 먹으려고 상을 피고 손녀에게 숟가락을 상에 놓으라고 했다. 만 삼년 칠 개월짜리 손녀는 늘 앉던 식구들의 자리를 기억하고는 숟가락과 젓가락을 가지런히 놓고 있었다. 마침 선물 받은 수저받침이 생각나서 손녀에게 주고는 시범을 보였다. 다섯 개가 한 세트라 그것만 주었다. 어른이 네 사람이니 걱정이 없었다. 나는 부엌에서 바쁘게 반찬을 만들고 있었다. 손녀가 오더니 "할머니~ 내 동생 숟가락 베개가 없는데요?" 하였다. 숟가락 베개가 뭐지? 하는데 수저받침을 가리키는 거다. '어머

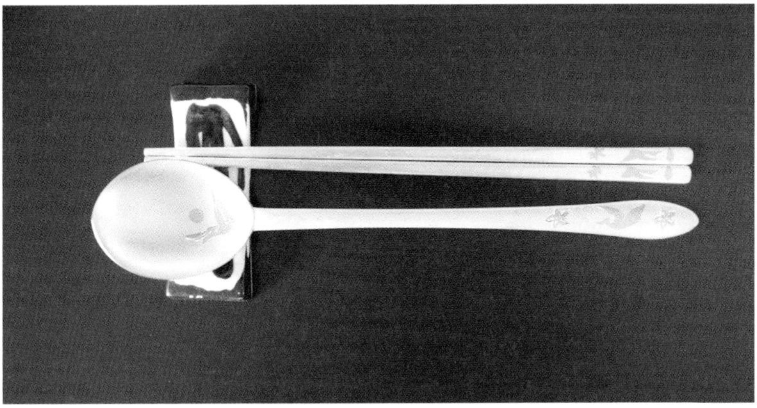

머! 숟가락 베개라고??' '야아~ 어떻게 숟가락 베개라고 생각을 했을까?' 신기하고 놀라웠다. 가끔 어린 아이들을 키우다보면 엉뚱하거나 기발한 말을 하여 놀라곤 하지만 이런 말은 처음 들어 보았다.

숟가락 베개! 그럴듯하였다. 손녀가 예뻐서 꽈악 껴안아 주고는 한참을 웃었다. 나는 숟가락 베개를 사러가야 된다. 작은 아들네와 꼬맹이들까지 합치면 현재 네 개가 모자란다. 손녀는 어제 저녁 제집으로 갔지만 나는 숟가락 베개 생각을 하며 혼자 실실 웃고 있다.

목사님과 계란

누가 대문을 조심스럽게 두드렸다. 위층의 목사님 사모님이다. 미안하다고 하시면서 호두케이크를 주셨다. 목사님께서 이야기를 하셨나보다. 참 딱한 일이지만 안 받을 수도 없고 해서 받았다.

사연은 다음과 같다. 매주 수요일과 토요일은 우리 동네에 장(場)이 선다. 오늘은 수요장이 있는 날이라 이것저것 장을 보고 끝으로 계란을 반 판 샀다. 낑낑대고 봉지 여러 개를 들고 오는데 우리 윗집에 사시는 목사님이 보셨나 보다. 올라오는데 누가 빨리 뒤쫓아 오는 소리가 났다. 한쪽으로 비켜섰더니 목사님이 들어주려고 빨리 왔다고 하셨다. 미안해서 사양을 했는데도 막무가내로 보따리를 가지고 앞장을 서셨다. 뒤따라가며 속으로 저거 계란이라 잘 들어야 되는데 하였다.

그 순간 너무 빠르게 올라가시던 목사님이 4층 마지막 계단에 걸려 넘어지셨다. 일어나신 목사님은 "아이고 이걸 어쩌나?" 하신다. "계란이 다 깨졌나 봐요~." 하면서 낭패한 얼굴로 미안해 하셨다. 내가 얼른 받아들고 "한 개밖에 안 깨졌어요." 하고는 얼른 대문을 열었다. 갑자기 들어가려고 하니 당황해서 그런지 자동키 번호도 생각이 나지 않았다. 목사님 난처할까봐 허둥지둥 들어와서 보니 계란이 성

한 게 다섯 개뿐이었다. 할 수 없지 뭐 잘 해주시려다 그리 된 걸 하면서도 웃음이 나왔다. 잘 생긴 목사님 얼굴이 빨개지신 걸 뵈니 공연히 그 시간에 시장에 들른 내가 잘못한 것 같은 기분도 들었다. 장 보따리를 정리하면서 "하나님 용서하세요."라고 중얼거렸다. 사모님께서 주신 맛있는 케이크를 먹으면서 미안스러워지는 마음을 달랬다.

화요일에 만나는 음악편지

예기치 않은 곳에서 만난 감동이랄까? 가슴 속 잔잔한 물결을 일으켰던 작은 음악회가 있었다. 어제는 남편의 병원진료가 있는 날이라 세브란스 병원엘 갔다. 금식을 한 채로 오전 9시부터 시작된 여러 가지 검사를 마쳤다. 이른 점심을 먹고 로비로 나오니 '화요일에 만나는 음악편지'가 12시에 있다고 쓰여 있었다. 한 십분 남았기에 커피를 한잔 사 들고 자리를 잡았다.

그랜드 피아노 앞으로 젊은 남녀학생이 이십여 명이 한 줄로 서고 정숙하고 세련된 여교수님이 지휘자로 나오셨다. 처음 곡은 찬송가 318장 '예수가 우리를 부르는 소리~' '오라~ 오~라~~ 방황치 말고 오~라~ 죄 있는 자들아~이리로 오라~'

벌써 내 눈에는 눈물이 그렁그렁 고이기 시작했다. 옆에 있는 며느리에게 휴지를 받고서는 연신 흐르는 눈물을 닦았다. 왜 그럴까? 가사 때문인지? 젊은 학생들이 열심히 부르는 모습 때문인지?

진지하게 지휘를 하시는 분 때문인지? 옆에 앉은 남편 때문인지? 이유도 없이 눈물이 떨어졌다.

합창을 몇 곡 부르더니 다음에는 남성 독창이다. 미성으로 높은 음을 곱게 내는 청년의 노래! 카운터 테너라고 하였다. 남성 이중창이 이어졌고 나중에는 전부 나와 합창으로 찬송가를 불렀다. 진찰하러 온 사람, 병문안 온 사람, 환자, 보호자, 같이 온 어린이들, 병원 직원 등 다양한 사람들이 한 마음으로 열심히 박수를 쳤다. 맨 앞에서 제일 열렬히 박수를 친 사람이 바로 나다. 모두 음대생으로 자원봉사라고 했다. 싱싱한 젊음과 따뜻한 정성으로 병원에 온 아픈 영혼들을 위로해 주었다. 고맙고 감사했다.

그들이 지금 얼마나 아름다운지 자신들은 알고 있을까?

소소한 행복

지금 막 우리 동네 산책로를 걷다가 들어왔다. 여전히 자동차들은 씽씽 달리고 사람들은 유유히 산책을 하고 있었다. 숲은 우거지고 놀이터에는 아이들과 젊은 엄마들이 재잘대고 있었다. 강아지를 앞세운 사람들도 더러 지나갔다. 언제나 남편과 함께 저녁산책을 하였는데 혼자 나오니 그 평범했던 일상이 그리워졌다.

그 동안 남편이 갑작스런 심근경색 수술로 생사를 넘나들다 그저께 퇴원을 하였다. 삼십 년간을 오르내리던 4층 계단을 오르는데 남편은 쉬다 오르기를 반복하며 무척 힘겨워 하였다. 무거운 짐까지 들고 뛰어 오르던 그 길을 한 발짝씩 옮기기도 어려웠다. 겨우 침대에 누운 그이는 눈물을 흘렸다. 너무 약해진 자신이 가여웠나 보다.

이번 일을 겪으면서 잃은 것도 많지만 얻은 것도 많다. 119 출동 하시던 분들, 응급실 젊은 의사들, 앰뷸런스 기사 분, 간호사 선생님들, 그리고 외과 수술을 해주신 의사선생님, 병실 청소를 해주

시던 아줌마까지 온통 감사한 분들이 도처에 꼭 필요할 때 계셨다. 무엇보다 기도와 격려로 힘을 보태주신 귀한 분들이 계셨기에 위로가 되고 견딜 수 있었다. 또한 가족의 소중함을 깨닫는 계기가 되었다. 교대로 와서 지켜주고 위해주던 며느리들, 직장을 휴가 내면서까지 아버지를 위해 애쓰던 아들들이 고맙다. 그 사랑으로 힘든 수술도 무사히 끝냈나 보다. 수술하러 들어가면서 남편이 나와 아들, 며느리들을 한 사람씩 안아 주면서 사랑한다고 하였을 때 우리 모두는 울었다. 꼭 살아 나오길 빌었다.

이제는 온전히 건강회복을 위해 노력하고 있다. 다시 평소에 하던 산책, 운전하기, 옷 입고 벗기, 머리 감기, 손주 안아주기, 창문 열기, 옆으로 눕기, 샤워 등 수많은 일들이 자연스레 이뤄지는 평범한 일상으로 돌아가기를 기대한다. 아무 생각 없이 행해지던 쉬운 일들이 진정 행복한 것임을 알게 되었다. 하루 빨리 남편이 소소한 행복을 다시 누리기를 빈다. 도움을 주신 모든 분들께도 큰 감사를 드린다.

웬? 비상금??

남편을 찾는 전화가 왔다. 남편이 정년퇴직을 하면서 소장했던 책 일천여 권을 기증했던 학교의 도서관장님이셨다. 안 계시다고 하니 날 보고 "사모님! 참 희한한 일이 있어요." 한다. 무슨 일인데요? 하니까 책 속에서 돈이 나왔다는 거다. 《사상계》란 책 속에서 수표와 함께 현금을 발견하였다고 하였다. 도서관에서 일하는 근로 장학생이 장서에 스탬프를 찍다가 알았다고. 나는 얼른 "얼마나요?" 하였다. "좀 많아요." 한다. 나중에 다시 연락을 하기로 하고 전화를 끊었다.

궁금증이 모락모락 피어올랐다. 퇴근한 남편에게 그 이야기를 하

니 전혀 모르겠다고 하였다. 사실 어떤 때는 나도 이 주머니 저 주머니에서 예상치 못하게 돈이 나오곤 한다. 물론 돈의 액수는 미미하다. 그래도 공돈이라며 좋아했다. 마침 기증한 책 중에 빠진 것이 한 오십 권이 있어서 남은 장서 중에서 골라 학교로 갔다. 도서관에는 산더미 같은 책을 분류하느라 큰 책상들 위가 복잡하였다. 마침 남산 도서관에서 파견된 사서 세 분이 앞치마를 두르고 전자분류를 도와주는 일을 하고 계셨다. 원래 다섯 분이 근 한 달간 그 작업을 하고 계셨는데 방금 두 분이 가셨다고 한다. 책을 전달하고 나오는데 도서관 장님이 문제의 봉투를 주셨다. 남편은 돈을 발견한 학생에게 주라며 십만 원을 주니 관장님은 '학생에게 그렇게 많이 주면 안 된다'고 하시면서 오만 원만 받으셨다. 마침 그 순간 관장님은 선행을 한 학생을 발견하고 우리 앞에서 그 돈을 주셨다. 첫 눈에 선량하게 보였다. 게다가 얼굴도 예뻤다. 아직도 이렇게 착한 학생이 있구나 하고 감동스러웠다. 이름도 진선이라고 했다. 이름과 행동이 일치하였다.

집으로 오는 차 안에서 남편은 옷이나 사 입으라고 봉투째 나에게 주었다. '그 귀한 비상금을 당신을 위해 쓰지 왜 나한테 주냐?'고 해도 막무가내였다. 저녁나절 백화점에서 온 추석 전단지를 보다가 "아니? 무슨 지갑 하나가 이렇게 비싸지요?" 하니 남편이 "얼만데?" 한다. "와~ 오십구 만원이 넘어요." 하니, "그럼 지갑이나 하나 사요." 한다. 미쳤어요? "나 그 돈 보물로 간직할래요."

보나마나 앞으로 몇날 며칠을 즐거운 고민에 빠질 것이다. 혹시 또 장롱 밑으로 들어가 훗날에 이게 뭔 돈이지? 할지도.

여행 중 발생한 응급환자들

나이가 들면서 장거리 여행은 늘 조심스럽다. 생각에 생각을 거듭하여 여행 결정을 해 놓고도 일말의 불안한 마음이 드는 건 어쩔 수가 없다. 나의 경우는 무엇보다 멀미이다. 특히 비행기 멀미와 배 멀미가 심하다. 친구들은 그렇게 멀미를 하면서도 잘도 돌아다닌다고 뭐라 한다.

이번 러시아, 북유럽 여행 중 네 명의 환자가 발생하였다. 순서대로 보면 사흘째 러시아 상트페테르부르크에서 일어났다. 제일 연장자인 여성회원이 초죽음인 채 남편의 부축을 받으며 버스에 올랐다. 얼굴이 백짓장 같고 눈은 십리나 들어가 보였다. 이유인 즉 설사를 한다고 하였다. 아무것도 먹지 못하고 밤새도록 화장실만 들락거리다 기운이 다 빠진 상태였다. 버스 뒤에서 거의 누운 상태로 관광이고 뭐고 안중에 없었다. 한 이틀 맥없이 지내다 소생을 하였다.

나흘째 핀란드 헬싱키에서 일이다. 호텔 로비에서 일

행들이 죽 둘러서서 안쓰러운 표정으로 서 있기에 가보니 남자 회원이 팔에다 파스를 바르고 고개를 저으며 진찰(?)을 받고 있었다. 전날 밤 목욕탕에서 미끄러졌다고 했다. 일행 중 은퇴한 정형외과 의사가 계셔서 다행이었다. 약을 먹고 수습이 되는 것 같았다. 조금만 심했으면 뇌진탕이 될 뻔하였다고 목욕탕주의보가 내렸다. 밤새 안녕이라고 이런 걸 두고 그런가 보았다.

열흘째는 노르웨이 베르겐이었다. 위대한 음악가 그리그 생가에서 사진을 찍다 남편에게 문제가 발생하였다. 들어보니 앉아서 꽃 사진을 찍은 후 옆에 있는 꽃을 보고 무릎을 트는 순간 뭔가 툭 끊어지는 느낌을 받았는데 그 순간부터 무릎이 아파서 다리를 절게 되었다고 하였다. 비디오 촬영에 정신이 없던 나는 나중에야 그 사실을 알게 되었다. 덴마크 코펜하겐으로 가기 위해 공항으로 가는 도중 뒤에 오시던 의사는 남편의 걸음걸이를 유심히 보고는 의자에 앉으라고 했다. 이리저리 무릎을 틀어 보고는 진단을 내리셨다. 무릎 안쪽 힘줄이 두 개 있는데 그 중 하나가 무리한 충격을 받은 것 같다고 했다. 응급조치로 자신이 가지고 온 소염제가 든 약을 두 봉지 주셨다. 절대 무리하지 말고 찬찜질 후 안정을 취하라고 하셨다.

갑자기 나는 환자를 대동한 보호자가 되어 걱정이 태산 같았다. 무거운 것도 무리가 간다니 더욱 불안하였다. 저녁에 지극 정성으로 간호를 하고 일행들이 건네 준 안티푸라민을 바르고 파스를 붙였다. 이것저것 신경을 쓰신 분들이 정말 감사했다. 다음 날 남편은 현저히 좋아진 다리로 남은 여행을 할 수 있었다.

서울로 돌아오기 바로 전날 내게 일어난 일이다. 체코 프라하 공항에서 비행기를 기다리고 있었다. 마침 메고 있는 가방에 사과 한 개가 있었는데 배도 출출 한지라 껍질 채 반쪽을 먹었다. 빨리 먹어서 그런지 가슴이 답답하였다. 그리고 속이 아팠다. 왔다갔다 거닐어 보아도 계속 답답증이 왔다. 남편에게 등을 두들겨 달라고 하였더니 주위 분들이 왜 그러냐고 했다. 체한 거 같다고 했더니 어떤 아주머니가 내 손을 따 주겠다고 하면서 달려 오셨다. 나는 그런 거 해보지 않아서 싫다고 했더니 걱정 말라고 하면서 내 등을 사정없이 세게 내리쳤다. 그런 다음 팔을 어깨서부터 몇 번 훑어 내리더니 그분의 남편이 건네 준 바늘로 엄지손톱 옆을 찔렀다. 옆에 구경하던 일행들이 일제히 어머 까만 피가 나오네 하였다. 나는 눈을 질끈 감고 있어서 보지는 못하였다. 다른 한쪽도 같은 방법으로 하더니 괜찮을 거라고 하였다.

곧 이어 비행기 탑승이 있었는데 탑승권을 체크하고 걸어가는데 내 가슴에서 크윽 하고 트림이 나왔다. 속이 편해졌다. 참 신기하였다. 성함조차 기억하지 못하는 대전 분인데 고마웠다. 무엇보다 나는 프라하에서 인천공항까지 10시간 30분 동안 키미테도 붙이지 않고 건강한 상태로 돌아올 수 있었다. 고마운 천사님들 덕분에 12일간의 여행을 무사히 마칠 수 있었다.

세임 타임 세임 플레이스

오전 6시면 일어나서 밥을 한다. 그 시간 라디오를 틀면 팝스 잉글리시가 나온다. 언제나 끝나는 멘트는 힘차게 "세임 타임, 세임 플레이스"라고 하며 내일 보자고 한다. 매일 듣는 소리지만 오늘은 유난히 그 여운이 길었다. 매일 이 자리에서 밥을 할 수 있을까? 하는 생각에서부터 이미 세임 플레이스에 안 계신 분들을 떠올랐다. 어버이날도 있었지만 언제나 옆에 계셔줄 것 같았던 어머니 아버지께서는 이미 다른 세상에 계시다. 그 옛날 내가 그랬던 것처럼 자식들도 우리가 세임 타임, 세임 플레이스에 있다고 믿겠지만. 세임 타임, 세임 플레이스에 존재한다고 해서 건강하게 있는 것이 아니고 나날이 쇠약해지고 있는데 말이다. 그렇게 생각하니 마음이 좀 아팠다.

부모님께서 자식들에게서 제일 듣고 싶은 말은 "저를 잘 키워 주셔서 고맙습니다."라고 한다. 몇 해 전 서강대 장영희 교수가 엄마에게 쓴 마지막 편지다. "엄마 미안해, 이렇게 먼저 떠나게 돼서. 내가 먼저 가서 아버지 찾아서 기다리고 있을게. 엄마 딸로 태어나서 지지리 속도 썩혔는데 그래도 난 엄마 딸이라서 참 좋았어. 엄마, 엄마는 이 아름다운 세상 더 보고 오래오래 더 기다리면서 나중에 만나." 여든 살이 넘은 어머니는 얼마나 마음이 아프실까 생각하니 가슴이 먹먹하

다. 평소에 장 교수를 존경하고 그 분의 글을 사랑하였는데 애석한 마음이다. 쉰일곱 살 아까운 나이로 암 투병을 하다가 가셨지만 늘 희망을 품고 사셨고, 희망이 운명을 바꿀 수 있는 위대한 힘을 가졌다고 수필집에 쓰셨다. 장 교수의 명복을 빌며 또 한 분! 세임 타임, 세임 플레이스에 안 계심을 안타까워한다.

이제 남편도, 사랑하는 가족도, 좋아하는 분들도, 친구도 늘 그렇게 Same Time, Same Place에 건강을 더하여 계시기를 희망해 본다. 꿈 같은 바람이다.

눈물 젖은 두만강

아침 TV방송에서 아버지들이 좋아하는 노래의 순위가 나왔다. '아빠의 청춘', '눈물 젖은 두만강', '울고 넘는 박달재' 등등. 간간이 아버지에게 얽힌 이야기들을 풀어내면서 시청자들을 울리고 있었다. '눈물 젖은 두만강'이란 노래가 나오는 순간 서서히 내게도 돌아가신 아버지가 떠올랐다.

아버지 장례식을 마치고 공원묘지에서 돌아오는 길이었다. 아버지에게는 단짝 친구 세 분이 계셨다. 아래윗집에 살면서 늘 같이 모이기를 좋아 하셨고 가족끼리도 다 알고 지냈다. 그 중 옥지 아버지가 "너희 아버지가 이 노래를 좋아했는데~" 하시면서 친구도 떠나보내고 술도 한잔 드신 김이라 노래를 부르기 시작하셨다.

두만강~ 푸른 물에~
노 젓는 뱃~사공
흘러간 그 옛날에~
내 님을 싣~~고
떠나간 그대는 어데~로 갔~소~~
그리운 내 님이여~

여기까지 듣는 동안 나는 눈물이 펑펑 쏟아졌다. 그 뒤는 가사도 들리지 않았다. 그저 아버지를 다시 못 볼 생각에 가슴이 찢어질 듯 아팠다. 아버지는 기분이 좋으실 때면 "두만강~~"하면서 노래를 시작하셨다. "그리운 내 님이여~"는 고음이었지만 멋지게 넘어 가셨다. 아~ 그 노랫소리. 아버지의 목소리가 듣고 싶다.

어버이날이 되면 자식들이 카네이션도 가져오고 선물도 주지만 이 마음 깊숙한 곳에 묻힌 그리움은 어쩔 수가 없다. 어느 분이 "부모님이 자식 곁에 계신 것만도 큰 축복"이라고 하신 말씀이 귀에 맴돈다. 돌아가신 다음에나 알게 되는 말이다. 오늘 하루 입에서 뱅뱅 도는 눈물 젖은 두만강! 슬프고도 애달픈 아버지의 애창곡을 떠올리며 아버지를 그리워한다.

아우~ 뚱보 아줌마잖아?

여덟 살 손녀는 우리 집에 오면 꼭 나에게 이렇게 물어 본다. "할머니 요새 그리는 그림이 뭐예요?" 그래서 놀래줄 요량으로 무슨 그림이라고도 안 하고 그냥 '짠' 하고 보여 주었다.

손녀는 보자마자 "아우~ 뚱보 아줌마잖아?" 한다. 두 번째 반응은 "흥! 얼굴도 미워요!" 한다. 그야말로 손녀한테 처절한 평가를 받았다. 나는 "이 작품을 그린 사람은 이 여자를 얼마나 예뻐했는지 몰라. 그래서 그렸을 텐데 그린 사람이 알면 무척 섭섭하다고 할 걸?" "히히! 난 그런 거 몰라요~" 하고는 다른 방으로 가 버렸다.

유명한 화가들의 누드 그림을 보면 뚱뚱한 여인이 많다. 오래전에는 몸집이 좋은 여자가 미인이었나 보다. 이런저런 그림을 많이 그려보았지만 누드는 처음이다. 언젠가 목욕탕에서 몸매가 아름다운 여인을 보았을 때 한번 그려보면 좋겠다는 생각을 했었다. 또 어느 해인지 인사동에서 혼자 슬슬 갤러리를 돌고 있을 때 마침 누드전시회를 하고 있었다. 안으로 들어서는 순간 어떤 남자가 감상을 하고 있어 하도 민망해 그냥 나온 적도 있었다.

마침 모딜리아니의 작품을 보다가 용기를 내었다.

나가서 싸우는 부부들

잔뜩 돈을 들이고 떠난 즐거운 여행길에서 싸우는 부부들을 많이 보았다.

이번에 뉴질랜드 여행에서 만난 부부도 그 케이스에 속한다. 어느 날인가 남 섬에서 버스로 이동 중, 한 휴게소에 정차를 하게 되었다. 일행 중에는 두 부부가 같이 와서 네 명이 똘똘 뭉쳐 다니는 사람들이 있었는데 심각해 보였다. 키가 큰 부부의 남편이 아내를 닦달하고 있었다. 뭘 잃어 버렸다고. 가이드는 호텔로 전화를 하여 떠나온 방에 잃은 물건이 있나 확인을 했고, 짐칸에 실은 큰 가방도 열어 보았다. 찾지 못하는 동안 그 남편은 아내에게 쉴 새 없이 지청구를 하였다. 놀랍게도 그 부인은 단 한마디도 하지 않고 가만히 있었다. 알고 보니 여권이 든 작은 가방을 부인이 메고 있었는데 없어졌던 것이다. 결국 찾긴 찾았다. 부부가 앉았던 버스 의자 사이에 끼어 있다가 떨어진 것을 몰랐던 것이다. 찾았다고 소리치는 바람에 그것도 알았다. 나중에 커피 점에서 그 남편은 커피를 한 잔 시켜서 아내보고 "마셔!! 얼른~" 하니까 조용히 마셨다는 얘기를 들었다. 대개 사소한 일로 티격태격하기는 한다.

여러 해 전 어떤 나이든 부부와 함께 미 동부 오대호 크루즈를 하였는데 남편이 젊은 처녀들만 사진을 찍어주고 자기는 안 찍어준다고 호수로 뛰어들고 싶다고 부인이 내게 털어 놓았다.

또 다른 부부는 큰 배를 타고 캐나다 동부에 PEI(프린세스 에드워드 섬)로 갈 때 남편이 다른 사람에게만 커피를 사주었다고 골이 나서 말도 안하고 있었고, 같이 간 일행들이 화해시키느라 무진장 애를 썼다.

심지어 어떤 부부는 남편의 여권에 찍힌 날짜를 가지고 싱가포르 여행 내내 승강이를 하였다. 지난 번 남편이 해외로 출장 갔다가 집에 돌아온 날짜가 입국 스탬프 날짜보다 하루 늦다고 말이다. 어디 갔다가 늦었냐고 자기 남편을 들들 볶는 거다. 옆방에 있는 우리한테 와서 그 숫자를 읽어 보라고 하였다. 그런데 나는 그 부인이 의심하는 날짜로, 내 남편은 그쪽 남편이 주장하는 날짜로 읽어버렸으니.

또 내 친구 부부는 외국에 나가면 남편이 밤마다 술을 퍼 마신다고 다시는 여행가기 싫다고 하더니 지금도 여행 중이다. 나는? 나도 거기서 거기다. 몇 년 전 인도에서 그런 적이 있다. 혼자 속이 터져서 '내가 남편하고 다시는 여행을 하나봐라' 하고 속으로 굳게 다짐을 했었다. 그랬으면서도 이번에 뉴질랜드로 또 따라 나섰다. 아마 그렇게 지지고 볶으면서 부부가 함께 가는 길이 인생길인가 보다.

우치코 전통마을

일본 여행 중 하루는 우치코라는 전통마을을 방문하였다. 일본인 교수의 부인인 한국여성이 안내를 해 주었다. 도고온천에서 고속도로로 한 시간 거리였는데 일본경제가 좋지 않아서 그런지 우치코 마을은 한산하였다. 맨 먼저 간 곳은 백 년 전 가면극을 하던 극장이었다. 입장료를 4백 엔씩 받았다. 무대와 관람석이 그대로 보존되었다. 관람석에도 앉아보고 무대 위에 올라 배우들이 입었던 옷도 입어 보았다. 무대 아래로 내려가 옛날 무대장치를 조절하던 장비도 구경하였다.

집들은 전통가옥이 그대로 보존되고 또 사람도 살고 있었다. 검은색의 목조가옥이 많았다. 거리에 놓여 있는 신기한 화분을 보았는데 물위에 숯을 세워놓고 그 위에 은행알을 얹었는데 거기서 싹이 나서 자라고 있었다. 한국에 가면 한 번 시도를 해볼까? 하고 한참을 보았다.

옛날에 초를 만들던 공장도 있었는데 초로 양초도 만들고 포마드와 구찌베니도 만들었다고 하였다. 일본어로 설명하는데 포마드와 구찌베니란 말은 알아들었다. 또 초 생산이 왕성하던 시대의 여러 도구들이 전시되어 있었다. 더 자세한 기록물들은 따로 돈을 내야 들어

갈 수 있어서 그냥 나왔다.

어느 절에 가니 하얀 대형 와불(臥佛)이 있었다. 부드러운 미소의 와불 옆에는 머리가 되기보다 발바닥이 되라는 문구가 씌어 있었다. 또 바보가 되라는 글귀도 있었다. 깊은 생각을 하게 해주었다.

점심은 전통일본식으로 메밀국수와 우동 또 점심 스페셜 등 입맛대로 시켰다. 손님이 많은 점심때라 삼십 분 가까이 기다려 맛있게 먹었다. 다음엔 차를 마시러 정원이 좋다는 찻집엘 갔다. 통통한 여주인은 얼른 유리문 밖 정원으로 뛰어가더니 물레방아를 돌리고 나서야 우리를 안내하였다. 마루에 앉아 내다보니 물레방아 옆에 연못에는 엄청나게 큰 금붕어들이 돌아다니고 있었다. 살이 찐 금붕어들에게는 연못이 무척 작아 보였다. 오백 엔 커피와 일천 엔짜리 과일 접시가 나왔다.

손님은 우리밖에 없었다. 한국인임을 알아본 중년 아줌마는 신이 나서 자기가 한국가수의 팬이라고 새파랗게 젊은 김진* 뭐라는 가수의 시디를 가져와 자랑이 대단하다. 그 가수를 처음 본 나는 참 난처하였다. 어쨌건 한국가수를 그 나이에도 좋아한다니 싫진 않았다. 일본 시골에 있는 중년 아줌마도 한국가수 팬이라고 하니 한류를 실감할 수 있었다.

거리로 나와 열어놓은 집안의 아름다운 정원들도 걸어보고, 이집저집 예스러운 집들을 들어가 보았다. 무슨 교회란 간판이 있어서 들어가 보았는데 마치 사당이나 암자 같기도 하였다. 앞쪽 제단에는 향을 피우게 되어 있고 울긋불긋 늘어진 장식물이 많았다. 바닥은 그냥 마루였다. 예수가 아닌 다른 신이 있을 것만 같았다. 지금도 예배를 보는 곳인가? 하는 생각도 들었다. 가랑비가 가끔씩 내리던 한적한 우치코 거리를 돌아다니며 직접 만든다는 맛있는 앙꼬가 든 떡과 모나카도 사 먹으면서 여유 있게 일본정취를 만끽하였다.

극한 도전

극한 도전이라니?

이런 말은 평소의 나에게는 절대로 있을 수 없는 일이다. 왜냐면 원래 소심한데다 하지 않던 일은 먼저 나서지 않는 겁쟁이기 때문이다.

아키타에서 수빙(樹氷)을 보러 간다기에 곤돌라 타고 가면 나오는 줄 알았다. 그런데 도착해서 휴게실에 모이니 현지 자원 봉사자가 먼저 설명을 해주었다. 다른 곳에는 자랄 수 없는 삼나무가 이 모리요시 산에 있게 된 지역적 조건을 쉽게 이야기 해주었다. 또 영하 5도에서 증류수가 충격을 받으면 쉽게 응고한다는 것을 실험으로 보여 주었다. 페트병에 물 담은 것을 가져와 탁 하고 치니 바로 물이 얼어 버렸다. 무슨 요술을 하는 것처럼 보였다.

그리고는 수빙을 보러 간다고 갈 사람은 장화를 신으라고 하였다. 밖에는 눈보라가 치고 날씨는 영하 이십 도가 넘었다. 나는 빨간 긴 장화를 얼른 갈아 신고 따라 나섰다. 앞에 가는 사람들이 스틱을 두 개씩 들기에 나도 두 개를 집었다. 앞을 보니 남편이 하나만 갖고 가기에 또 하나를 더 들고 뒤를 따랐다. 스틱 세 개를 짚으며 가려니 힘들었다. 조금 가다보니 자원봉사 가이드가 신호를 하였다.

크게 손으로 X, 또 한 번은 두 손으로 원을 그렸다. 사람들은 엑스 자를 보고는 더 이상 갈 수 없다는 뜻으로 생각하고 다들 뒤돌아 내려가기 시작하였다. 가만히 보니 남편은 가지 않고 서 있었다. 남편이 가이드에게 더 가자고 하니 앞장섰다. 나도 남편만 믿고 무조건 앞만 보고 눈보라를 헤치며 따라갔다.

과연 거기에 엄청 커다란 수빙 나무가 있었다. '와우~ 신난다' 하면서 나무 밑으로 깊은 눈을 헤치며 가 보니 장화 위까지 눈이 올라왔다. 환호하는 우리를 보며 가이드는 아까와 같은 사인을 했다. 더 간다고 하니 '오케이' 하면서 따라 오라고 하였다.

눈 덮인 산길은 길이 없었다. 오직 앞서 간 사람의 발자국을 따라가는 것이었다. 드디어 눈보라 속에 또 하나의 수빙 나무가 서 있었다. 나는 비디오를 꺼내 눈으로 얼어붙은 수빙 경치를 찍으려고 하니 눈보라가 앞을 가려 화면이 하얗게 나왔다. 리코드를 눌러 보니 금방 렌즈가 눈에 덮여서 얼어 버렸다. 아무래도 이러다 비디오 못 쓰게 되겠다 싶어 얼른 가방에 넣어 버렸다. (나중에 보니 다행히 몇 분간의 수빙 상태가 녹화되어 있었다.) 남편과 일본인 가이드를 찍으려고 사진기를 받아드니 어찌나 바람이 부는지 몸이 흔들려 카메라를 정지시킬 수 없었다. 겨우 한 장 찍었는데 화면 귀퉁이에 두 사람이 들어가 버렸다. 그러다가 눈보라에 밀려 카메라를 들고 넘어져 버렸다. 일어나 보니 아까보다 눈보라가 더 세차게 불어 앞을 볼 수가 없었다. 뒤따라온 여성 한 분과 기념사진을 찍고 나니 가이드가 오늘은 더 이상 갈 수 없다고 하여 하산을 하기로 했다. 그분은 칠순이신데 여기까지 오신 걸 보니 대단하였다.

뒤를 돌아 아래를 보니 온통 산이 하얗게 변해 오던 길도 보이지 않았다. 이런데서 조난당하면 그냥 죽겠구나 싶었다. 가이드가 앞장을 서고 뒤따라 내려오는데 마스크를 쓰고 선글라스를 끼니 선글라스가 김에 서려 아무 것도 보이지 않았다. 색안경을 벗으니 눈보라에 내 눈썹은 하얗게 서리가 앉고 얼굴은 점점 얼어붙었다. 내 모자에는 고드름이 달리기 시작했다. 무릎까지 빠지는 눈길을 스틱을 짚으며 앞사람을 따라 휘청휘청 내려왔다.

휴게소에 오니 다들 어떻게 갔다 왔냐며 반겨주었다. 어떤 회원은 못 가는 줄 알고 내려 왔는데 어떻게 된 일이냐며 안타까워했다. 열일곱 명 회원 중 세 명이 다녀왔다.

장하다! 대한의 아들 딸!

극한 도전 수빙체험을 하다.

영원히 잊지 못할 추억이다.

뜨개질 하는 여인

르누아르의 그림을 자꾸 보다가 그리고 싶은 장면이 또 생겼다. "뜨개질 하는 여인"이다.

젊어서 교사로 있을 때에는 가정과목이라 학생들에게 뜨개질도 가르쳤다. 나 자신도 젊을 때는 뜨개질이 재미있어 손목이 아프도록 손에서 놓지를 못했다. 그래서 아이들 옷이랑 머플러, 남편 조끼까지 짜 주었다. 힘든 줄도 모르고 열심히 뜨개질을 하였는데 언제부터인가 그만두었다. 그 이후 손도 대 보지 못하였다. 바쁘기도 했지만 다른 일에 흥미를 갖기 시작해서다.

그러다가 르누아르의 그림을 보니 전체적인 상황이 나의 젊은 시절을 상기하게 되었다. 우거진 정원에서 아름다운 여인이 뜨개질 하는 모습은 평화롭고 보는 이를 행복하게 만든다. '아~ 나도 이런 때가 있었는데~' 하며 그림을 그렸다. 얼굴부터 그리기 시작해서 주황색 모자를 그렸다. 물결치는 갈색 머리를 표현하다보니 정말 풍성한 머리털이 젊음을 상징하고 있었다. 가운데 손가락에 반지가 없는 걸 보면 아직 결혼 전인가보다. 집중하는 눈, 양 손 끝에 하얀 레이스 실, 이미 떠진 레이스 등 무한한 상상을 하게 한다. 배경에는 화려한 꽃들과 나뭇잎들이 하나씩 날아다니며 이 여인을 빛내주고 있었다. 어

느 것 하나 소홀함 없이 원작과 닮아 보려고 애썼다. 다 끝내고 보니 그 동안 꿈을 꾸며 여인과 함께 뜨개질을 한 기분이다.

꿈을 깨고 보니 어느덧 결혼한 지 사십 년이 지났다. 사십여 년 동안 엮어진 보이지 않는 레이스 속에 수많은 기쁨과 슬픔. 그리고 보람된 사연들이 녹아들어 오늘의 우리가 있나 보다.

커피 한 잔

카페에서 커피 한 잔을 마시고 나왔다. 그런데 왜 이렇게 기분이 좋을까?

오늘은 스승의 날이다. 남편은 나보고 저녁을 먹으러 가자고 했다. 과거 교직에 있었던 나를 축하해주고 싶다고 했다. 마침 저녁도 하기 그렇고 해서 따라 나갔다. 평소 우리가 잘 가는 곤드레 비빔밥 집으로 갔다. 아는 종업원이 반겨주었다. 곤드레 비빔밥 한 그릇과 북어구이 정식을 시켰다. 종업원은 반찬을 자꾸 더 갖다 주었다. 싱겁게 만들어 준 된장찌개와 함께 저녁을 잘 먹었다. 비싼 저녁은 아니어도 따뜻한 마음으로 서로 많이 먹으라며 즐겁게 시간을 보냈다.

집으로 오는 길에 커피점이 있었다. 들여다보며 내가 한잔 마시고 갈까? 하니 벌써 남편은 내 맘을 알고 그러자고 하였다. 저녁이라 커피 한 잔을 시켜 같이 마시기로 했다. 두유를 넣은 카페라떼 한 잔을 주문했다. 준수한 청년이 친절하게 컵의 크기를 결정하도록 했다. 중간 크기로 값을 지불했다. 잠시 후 커피가 나왔다. 내가 받으러 가니 그 청년이 얼른 로고가 찍힌 빈 컵을 하나 더 주면서 나눠 드시라고 하였다. 아마 커피를 두 사람이 마실 거라는 걸 알았나 보다. 자리로 와서 두 잔에 나누니 그득하였다. 작은 배려로 우리는 행복하게 커피를 마셨다. 아름다운 마음을 써준 종업원의 친절로 커피는 그 어느 때 마셨던 것보다 맛이 좋았다. 집으로 걸어오는 동안 반 잔의 커피가 우리를 더욱 가깝게 해주었다.

"여보 고마워요.~ 오늘 스승의 날 저녁과 커피 정말 좋았어요." 남편은 나를 잡은 손에 힘을 주었다.

청춘이 아니라도 좋다

일본 작가 무라야마가 2년 반 걸려 완성한 책은 『안성기- 한국 국민 배우의 초상』이다. 한국판 제목 『청춘이 아니라도 좋다』(사월의 책, 2011)가 나왔다.

마침 언제부터인가 그리려고 간직했던 안성기 사진을 보고 마악 그렸는데 신문에서 안성기 평전이 나왔다는 걸 읽었다. 배우 안성기는 1957년 다섯 살부터 시작해서 지금까지 140여 편에 출연했다고 한다. 그가 나온 오래된 영화 중 내가 본 것은 '만다라', '고래 사냥', '남부군', '투캅스' 정도다. 대종상 남우상도 여러 번 탔다. 안성기는 "제안이 왔을 때 감동이 있는 선택을 하려고 한다. 책 제목이 좋다. 청춘이 아니라도 좋다는 편해진다는 것이고 지금부터 할 일이 많다."고 했다. 평소에 연기도 잘 하지만 가장 건전한 영화배우로 호감을 가지고 있었다. 활짝 웃으며 주름진 모습이 흥미로웠다.

벌써 가을이다. 안성기의 말처럼 청춘은 아니지만 여유 있게 하고 싶은 일을 하면서 살고 싶다. 다시 그림을 보며 안성기를 따라 얼굴 가득 화알짝 웃어 본다.

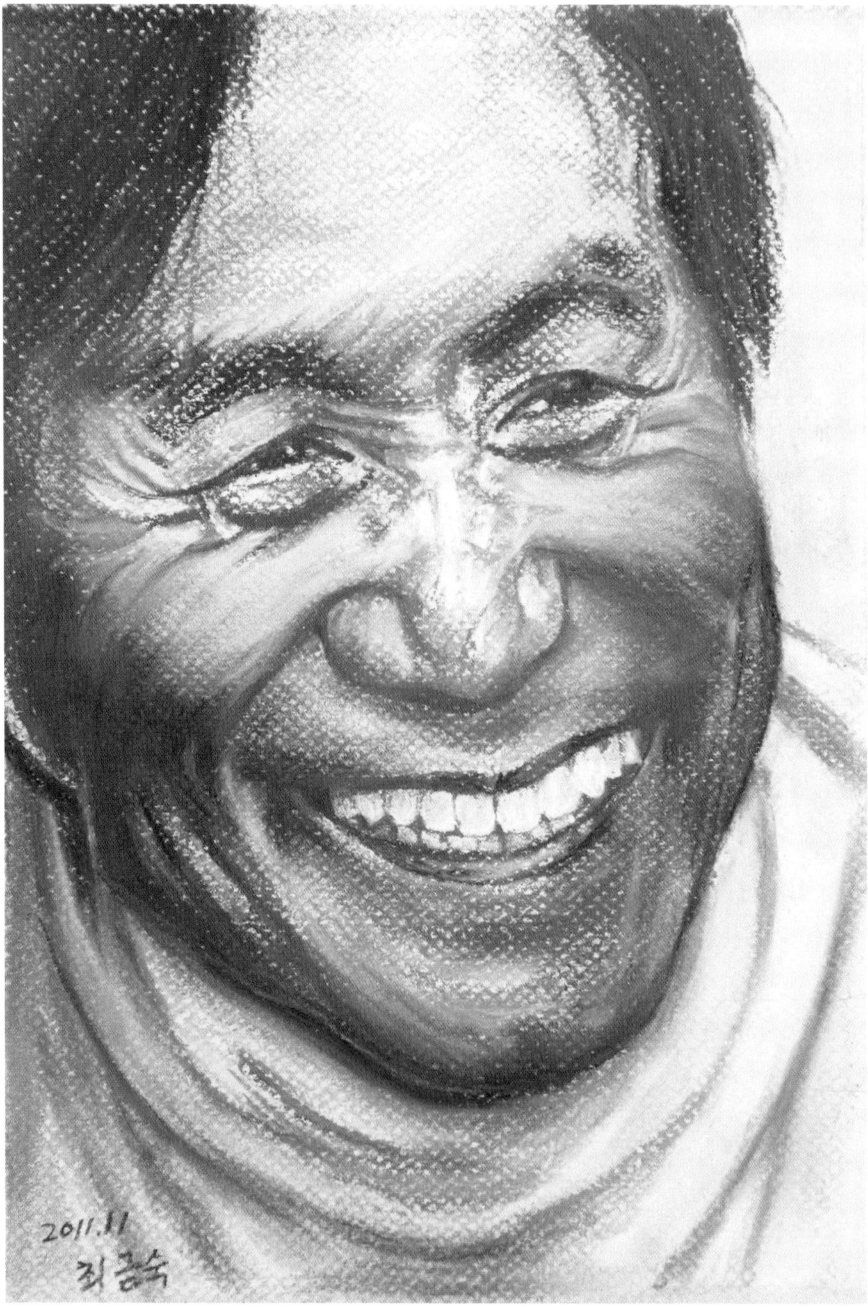
2011.11
최금숙

환상의 짝꿍

환상의 짝꿍은 바로 이런 모습일 것이다. 벌새와 꽃!

서로에게 가장 필요한 것을 주고받으며 공생하는 이들처럼 사람도 마찬가지일 것이다. 상대에게 가장 좋은 것을 주고 싶은 마음이 사랑이 아닐까? 유한한 세상에서 만나는 가장 귀한 사랑의 모습을 벌새의 까만 부리와 꽃에 포커스를 두고 표현했다.

꽃이 지면 벌새는 다른 꽃을 찾아가겠지만 사람은 죽을 때까지 한 사람과 해로하는 것이 가장 큰 행복이다. 하늘이 부를 때까지 감사하며 사랑하련다. 작은 벌새와 꽃처럼.

끝없는 감사가

아침부터 바쁜 날인데
선홍빛 나팔꽃이 피었다.
반가웠다.
꽃과 사랑을 나누자마자
새벽같이
검사를 받으러
병원으로 달렸다.

늙는다는 것은
질병이 는다는 것인지도 모른다.
병과 더불어 사이좋게 살아야 하나 보다.
친구처럼….

병원에서 스쳐 지나가는 사람들을 보며
그래도 제 발로 걸어 올 수 있는 사람은
행복하다 싶었다.

파파 할아버지가 할머니를

휠체어에 태우고

힘겹게 밀고 간다.

남의 일 같지가 않다.

딸의 손을 잡고 어렵게 걷는 할머니.

딸도 없는 나는 어쩌지? 하는 생각도.

오늘 이 순간 살아 있음을 감사하자.

남편과 병원 데이트 하는 감사.

더 큰 병 없는 감사.

지금 이대로~

끝없는 감사가 넘친다.

샐리 선생님

샐리(Sally) 선생님은 내가 좋아하는 캐나다인 영어선생님이다. 새로 시작하는 영어회화 클래스에서 그녀는 "왜 그 좋은 교직을 그만두고 여기에 왔냐?"고 물었다. 내가 "자유를 누리고 싶어서…."라고 대답했더니 도저히 이해할 수 없다고 하면서 본인의 이야기를 했다.

한국 대학의 영어 강사로 오기 전 아홉 가지의 직업을 가졌었다고 했다. 청소부, 경비원, 베이비시터, 정원사 보조…. 등 온갖 험한 일을 겪은 후 한국에 왔다고 했다. 지금의 강사자리가 얼마나 행복한지 모른다고 했다. 결국 내가 철밥통을 그만둔 것은 남편의 기생충이 되어 산다는 뜻이 아니냐고. 아깝다고 하였다. 기생충이란 말에 나는 무척 충격을 받았지만 그녀의 직업관으로 보면 그렇게 생각하는 것도 무리가 아닌 듯하였다.

어쨌거나 일주일에 세 번씩 수업을 받으니 차츰 정이 들었다. 샐리 선생님은 서른다섯 살로 나보다는 훨씬 나이가 적었다. 얼굴도 예쁘고 명랑하며 공부도 재미있게 가르쳤다. 교내 자판기에서 삼백 원짜리 커피를 사서 건네면 늘 고맙다고 하였다. 다른 반 남자 선생님인 자칭 뉴요커 마이클은 자판기 커피는 정크라고 절대 마시지 않았다.

샐리 선생님과 3학기를 함께 공부했다.

그러던 중 샐리 선생님이 어느 날 군인을 데리고 수업에 들어왔다. 평택에 근무하는 미군 장교인데 교제 중이라고 했다. 군복을 입고 왔는데 키도 크고 잘 생겼으며 유머도 많았다. 우리는 노처녀 샐리 선생님께 애인이 생겼다고 뜨겁게 축하해주었다. 샐리 선생님은 얼마 지나지 않아 둘이서 약혼했다고 반지를 보여 주었다.

그 후부터 샐리 선생님은 결혼 준비를 한다고 인사동에 가서 아기자기한 한국적인 장신구며 자잘한 것을 사와서 보여주기도 했다. 여럿이 함께 가서 인사동 거리를 누비기도 했다. 짧은 여름방학 동안에 미국 가서 결혼할 예정이라고 했다. 우리 모두는 기쁜 마음으로 응원해 주었다.

방학이 지나 샐리 선생님을 다시 만났을 때 우리는 정말 놀랐다. 약혼자가 미국에 또 다른 애인이 있었다고 했다. 그래서 헤어졌다고 했다. 주말이면 샐리 선생님이 평택으로 가서 군인과 데이트를 하고 오곤 했기에 도저히 상상할 수 없었다. 아니 그럴 수가? 우리는 뻔뻔한 그가 너무 미웠다. 그래도 샐리 선생님은 잘 이겨내고 명랑하였다. 그 학기가 끝난 후 샐리 선생님은 캐나다 빅토리아 섬에 있

는 대학으로 가게 되었다. 거기서 한국인 학생들을 가르친다고 하였다. 캐나다에 오면 꼭 들르라고 했다. 그런다고 했는데 하필이면 캐나다 여행을 동부로 가게 되어 빅토리아에는 아직까지 가지는 못했다.

헤어진 후에도 샐리 선생님과 몇 년 동안 이메일로 안부를 나누었다. 내가 남미로 여행을 간다고 하였더니 부럽다고 하면서 남미 여행은 자기의 꿈이라고 했다. 또 겨울이면 얼어붙은 눈 위에서 컬링을 하느라 시간가는 줄 모른다고 했다. 그때 처음으로 컬링이 무슨 운동인지 알았다. 그러다가 내가 그림에 전념하면서부터 차츰 소식이 끊어졌다. 그녀의 편지 중에 이런 말이 생각난다.

"Too old to recognize!"

너무 늙어서 서로 못 알아보면 어쩌지? 맞다. 지금쯤 샐리 선생님도 예순 살이 넘었을 텐데…. 상상이 안 된다. 이 글을 쓰다 보니 샐리 선생님이 정말 보고 싶다. 이젠 나이가 들어 만나도 몰라보려나? 샐리 선생님과 영어 공부하던 시절이 그립다.

울지마 톤즈

오늘 본 다큐멘터리 영화 제목이다. 울지 말라고 했는데 자꾸 눈물이 난다. 마지막 자막이 올라가는데도 눈물이 줄줄 흐른다. 감동이 물결치는 가슴을 진정하지도 못한 채 다큐멘터리는 끝났다.

중부 아프리카 수단의 작은 마을에서 기적을 일으켰던 이태석 신부의 이야기다. 가난과 절망 속에 힘겹게 살고 있던 사람들 속에 이 신부가 천사로 나타나 수단사람들의 아름다운 꽃이 되었다. 열 남매의 아홉 번째로 태어난 신부는 아홉 살 때 아버지를 여의고 어머님의 삯바느질로 의대 공부를 하였다. 그 후 신부서품을 받고 아프리카 오지인 수단으로 갔다. 가난하고 병든 사람을 치료하고 문둥병환자의 친구가 되었으며 병원과 학교를 세우고 수학 과목을 가르쳤다. 또 학생들로 브라스밴드를 조직하여 꿈과 희망을 심어 주었다. 신부가 직접 작사 작곡한 '묵상'을 들으며 가사를 읽어 내려 갈 때 나도 모르게 눈물이 쏟아졌다. 의사이자 음악가이며 신부로써 한국인 '슈

바이처'요, 하와이의 '다미안' 신부다. 놀라운 탤런트를 수단의 불쌍한 사람들에게 베푼 살아있는 예수이다. 대장암으로 마흔여덟 살의 아까운 나이로 선종하였다. 그렇게 훌륭한 분을 왜 빨리 데려 가셨는지 신의 뜻을 헤아리기 어려웠다. 부끄러운 마음으로 더욱 많은 눈물이 흐르는지도 모르겠다. 잘 울지 않는다는 수단사람들이 이 신부를 추모하며 펑펑 우는 모습을 보고 가슴이 더욱 아팠다.

밴드 대원들이 부르는 한국노래,

"사랑해 당신을~
정말로 사랑해~
당신이 내 곁을 떠나간 뒤에~
얼~마나 눈물을 흘/렸/는/지 모른다오~
예! 예! 예! 예예예 예예예~~"

이 노래가 그렇게 슬픈지 예전엔 몰랐다. 정말 가슴이 아리게 슬펐다. 부디 이태석 신부의 못 다하신 일을 누군가가 대신해 주었으면 하는 바람이다. 가슴을 뭉클하게 했던 다큐멘터리의 내용이 두고두고 머리에 남을 것이다.

이태석 신부님 부디 영면하시옵소서.

고맙습니다.

· 제2편 ·

여행 에피소드

섭섭 파이

12월 초 캄보디아 앙코르와트에 다녀왔다. 오래전부터 남편이 가고 싶어 했던 곳인데 다른 나라부터 다니다보니 늦어졌다. 그동안 내가 비행기 멀미로 멀리 가는 걸 꺼려했기 때문이다. 다행히 큰 어려움 없이 비행시간 다섯 시간 반을 견디고 잘 다녀왔다.

경제가 심히 어려워 캄보디아 국민소득이 9백 달러라고 한다. 1970년대 초 우리나라를 떠올리게 된다. 같이 간 일행 중 남자 한 분이 첫날 호텔방에서 넘어져 눈을 다쳤는데 안과가 없어서 바로 한국으로 떠났다. 종합병원도 없고 열악한 의료시설은 충격적이었다. 아

이들도 작은 바구니에 손으로 짠 팔찌를 넣고 관광객을 따라 다녔다. 한국말로 "일 달라" 하면서 "팔아줘~", "나만 못 팔았어." 하며 끈질기게 따라 다닌다. 상하의 나라라 무척 더웠다.

천년이나 된 앙코르와트의 정교한 조각들, 돌로 된 사원, 앙코르톰의 사원을 감고 올라가는 기묘한 나무들... 오토바이에 달아 만든 운송용 툭툭이를 타고 씨엔립 거리를 달려보았다. 오백 킬로미터가 넘는다는 거대한 톤레삽 호수에서 배를 타고 가면서 수상가옥과 수상학교 등 바다 같은 호수에 사는 캄보디아인들을 만났다.

가난해서 학교도 못가는 캄보디아 어린이들이 자꾸 생각난다. 공산주의 지도자가 수많은 사람들을 죽인 킬링필드에서 사진자료와 쌓아 놓은 해골 탑을 보면서 6·25를 떠 올렸다. 또 안남미를 삼모작할 수 있어 농사를 주로 지어 식량을 해결한다고 한다. 어디서나 "섭섭 파이"(안녕하세요?) 라고 인사를 하면 따뜻하고 선량한 웃음을 나누어 주던 캄보디아 사람들을 잊지 못한다.

한국으로 돌아오면서 참 감사한 마음이 들었다. 우선 건강하게 남편과 여행을 할 수 있어 기뻤다. 무엇보다 잘 사는 나라 한국인이어서 좋았다. 온갖 불만들이 많은 사람도 있겠지만 아프면 119가 득달같이 오고 병원도 가까이 있고 고맙다. 앞으로도 늘 감사한 마음으로 살아야겠다.

한 겨울에 떠나 땀을 뻘뻘 흘리며 다니던 캄보디아!

"어~끈 즈란 즈란"(고맙다).

인샬라

이집트 카이로에서 처음 들었다. 인샬라!

오후 8시쯤 저녁을 먹으러 음식점으로 가는데 버스가 한 자리에서 꼼짝을 안 했다. 하루 종일 이동하며 고대문명을 탐사했던 회원들은 배도 고프고 지쳐 있었다. 밖을 내다보니 이리저리 끼어드는 차들과 시도 때도 없이 길을 가로 지르는 사람들, 거꾸로 들어오는 차, 운전기사들의 고함소리, 빵빵대는 경적 소리들. 옆을 봐도 앞을 봐도 움직일 형편이 못 되었다. 그 많던 경찰들은 다 어디로 가고 어쩌면 이렇게 무질서할까 싶었다. 차 안에 있던 이집트 가이드가 나가 손짓발짓으로 위협을 하고 소리를 질러대지만 역부족이었다.

참 한심하구나 하는 순간! 한국인 현지 가이드가 이렇게 말했다. "여기 이집트 사람들은 이럴 때 '인샬라'라고 합니다." 인샬라? "인샬라란 신의 뜻이란 아랍 말입니다." 구십 퍼센트 이상이 이슬람

교도인 이집트인들은 매사를 신의 뜻으로 알고 순응을 한다고 하였다.

교통사고가 나도 인샬라!
사람이 죽어도 인샬라!
싸움이 나도 인샬라!
못 살아도 인샬라!
교통이 막혀도 인샬라!
공부를 못 해도 인샬라!
결혼을 못해도 인샬라!
몸이 아파도 인샬라!
정말 기가 막힌 인샬라다.

그러니 내가 이집트 여행을 하는 것도 인샬라~

이집트 나일 강 크루즈 때 물을 잘못 먹어 일행 중 대부분이 설사로 무지 고생을 하였다. 바로 그 설사 때문에 고생을 한 것도 인샬라~ 남편만 설사를 하지 않은 것도 인샬라~ 마그디를 만나 백사막을 갈 수 있었던 것도 인샬라~ 남편이 나에게 생일 반지를 이집트에서 사준 것도 인샬라~ 집에 무사히 돌아와 이 글을 쓰는 것도 인샬라~~

전에 인도에 갔을 때 그들은 "여기는 인도야~" 하는 말을 잘 썼다. 인도에 가면 되는 일도 없고 안 되는 일도 없다고 했다. 그래도 힌두

교도 인도인들은 소들과 함께 잘 살고 있었다. 마찬가지로 이집트인들은 인샬라라는 말을 쓰면서 그렇게 살고 있었다. 그날 밤 우리를 향한 인샬라는 저녁을 9시에 먹게 하는 것이었다. 그걸 어느 누가 막으리오? 인간이 어찌 인샬라를 알 수 있으랴?

집에 와서 인샬라를 떠올려보니 그처럼 편한 말이 없다. 무슨 일이든 인샬라를 붙이면 마음이 아주 편안해진다. 이 글을 읽고 있는 분도 인샬라다. 인생은 인샬라~~

당신은 문제가 있으니

2월 1일 늦은 밤. 이집트 카이로 공항 12번 게이트에서 일어난 일이다.

공항에서 지루하게 기다리다가 드디어 한국행 비행기 탑승이 시작되었다. 열을 지어 서서 차례를 기다리고 있었다. 남편과 나는 비행기에 일찍 들어가면 뭐하냐고 거의 뒤쪽에 서 있었다. 내 차례가 되어 비행기표와 여권을 직원에게 보였다. 여권을 보고 내 얼굴을 대조한 다음 드르륵 여권을 훑어보더니 뭔가 이상한 얼굴을 하였다. 무슨 일이 있냐고 물어 보았더니 "당신은 문제가 있으니 열에서 빠지라"고 하였다. 이게 웬 날벼락인지?

비행기 이륙시간은 몇 분 남지 않았는데 나 혼자 이집트에서 못 나간다니 가슴이 콩닥거리고 걱정이 되었다. 뒤에 섰던 남편은 이상 없이 통과되었다.

이유는 내 여권에 이집트 출국 도장이 없다는 것이었다. 분명히 입국스탬프는 있는데 출국스탬프가 없다는 것이었다. 자세히 뒤져봐도 없었다. 어째서 이런 일이 일어났는지 도무지 알 수 없었다. 아까 출국장에서 수속을 밟았는데 이상하였다.

직원 한 명이 날 데리고 어디로 가야 한다고 따라오라고 하였다.

남편을 쳐다보니 걱정스런 얼굴이다. 남자 직원을 따라 에스컬레이터를 타고 밑으로 내려가고 공항을 가로질러 몇 번의 문을 통과한 다음, 카이로 공항에 처음 들어 왔던 곳으로 나왔다. 따라 가면서 속으로 비행기가 떠나면 어쩌나 속이 탔다. 그 사람에게 내가 비행기 탈 수 있겠냐고 물어 보니 "던 워리Don't worry!" 하였다. 걱정을 말긴 걱정돼 죽겠는데….

어떤 칸막이가 된 사무실에 나이가 듬직한 제복의 남자 앞으로 나를 데리고 들어갔다. 이집트 말로 뭐라고 하니 나를 아래위로 훑어보았다. 지은 죄도 생각이 나지 않는데 긴장이 되었다. 여권을 받아들고는 뒤적이더니 아무소리도 하지 않고 스탬프를 쾅! 찍어 주었다. 그 다음엔 아까 왔던 그 길을 반대로 전 속력으로 뛰었다. 밤 11시 30분이라 약간 어두운 비행장 안은 한산하였다. 에스코트하던 사람보다 내가 더 잘 달렸다.

게이트 앞으로 가니 탑승객은 다 들어가고 남편과 가이드만 기다리고 있었다. 탑승구로 들어가니 비행기는 부르릉 거리고. 앉아 있던 승객들이 지각생인가? 하는 눈으로 쳐다보았다. 우리 회원들이 앉아 있는 좌석 쪽으로 가니 박수를 쳐주었다. 살아 왔다고??

이집트 공항에서는 찍 소리도 못하고 당하고 와서는 옆에 앉은 남편에게 구시렁대었다. 자기네가 찍어주지 않은 스탬프 때문에 고생을 시켜놓고 미안하다는 소리도 못 들었다고. 남편 왈 "ㅎㅎㅎ 마음 풀어요. 비행기 떠났어요."

크루즈 암벽 등반

일본 후쿠오카, 히로시마 등과 상해를 관광하는 크루즈 중이다.

오늘(4월 17일)은 전일 항해라 아침부터 느긋하였다. 7시에 일어났더니 해는 벌써 떴고 아침 먹으러 가자는 전화가 왔다. 허둥지둥 준비를 하고 9층 뷔페식당으로 갔다. 잔잔한 바다위에서 다정한 사람들과 진수성찬을 대하니 여기가 천국이네? 하는 생각이 들었다. 잘 익은 김치도 있고 온갖 과일이 지천이었다.

소화도 할 겸 갑판을 거닐다가 피트니스 센터로 들어갔다. 동네 체육관에 있는 시설 이상으로 충분하였다. 벌써 많은 사람들이 비지땀을 흘리고 있었다. 우리도 이곳저곳 옮겨 다니며 중국 근해와 수평선을 바라보며 운동을 하였다. 야~ 내가 바다를 보며 운동을 하는구나. 내일은 아예 운동복을 입고 오기로 하고 나오다가 탁구장이 있기에 오랜만에 남편과 탁구를 쳤다. 처음엔 둘이서 공 주우러 다니기 바빴지만 점점 재미가 났다. 아까 운동할 때보다 더 많은 땀이 흘렀다.

10시부터는 4층 홀에서 수건 접기 강습을 하였다. 원숭이, 강아지, 코끼리, 닭, 거북이 등을 배웠다. 나중에 손자 손녀한테 짠하고 보여주려고 비디오로도 찍어 놓았다. 지금까지도 수건으로 통닭 하나는 자신 있게 접을 수 있다.

11시경에는 갑판에서 컬링을 하는 영국인 부부를 만났다. 한참 구경을 했더니 우리보고 해보라고 했다. 못 한다고 했더니 가르쳐 주겠다며 적극적이었다. 컬링이라고는 올림픽 때 TV로 본 게 전부인데 걱정이 되었다. 역시 힘이 없는 나는 핀이 나가질 않았다. 남편은 쑥쑥 잘 나가서 박수까지 받았다. 런던에서 온 부부는 우리보고 자알~하면 올림픽에도 나갈 수 있다고 하여 배꼽을 잡았다. 전혀 모르는 사람들과 한참을 즐겁게 놀았다.

갑판 끝에는 암벽타기를 하는 곳이 있었다. 육십 미터 높은 곳에서 스릴을 맛보는 암벽타기를 남편이 해 보겠다고 나섰다. 겁이 난 나는 적극 말렸지만 도전정신이 강한 남편은 기어코 시도를 했다.

헬멧을 쓰고 암벽용 구두를 챙겨 신고, 밧줄은 다리 사이에 걸고 나서 허리까지 매고는 올라갔다. 가슴을 졸이고 땀을 흘리면서도 비디오로 녹화를 하였다. 얼마나 긴장을 하였던지 선 자리에서 움직이지도 못하고 다 찍었다. 남편이 맨 꼭대기에 올라 종을 칠 때 신나게 박수를 쳐 주었다. 장하다~! 아직 젊었네 그려?

선실로 와 누워 뒹굴뒹굴 하다가 "여보~ 먹고, 놀고, 자고, 여기가 어디지요?"라고 물었다. 천국이 이런 곳일까? 그러다 남편보고 제발 오래 살라고 하였다. 남편 왈 "짐 들고 따라 다니라고…?" "흐흐 그 말도 영 틀린 말은 아니네요."

베두인 족장 마그디의 신비한 처방

이집트 설사가 멈추지 않고 며칠째 나를 괴롭히고 있었다. 오늘도 새벽부터 네 번이나 설사를 하고는 아침도 먹지 못한 채 6시 반에 버스를 타게 되었다. 일정은 1박 2일 사막투어가 기다리고 있었다. 이번 이집트 여행의 하이라이트라고도 했다.

카이로에서 네 시간 걸려 바하래야로 이동한 후 모래사막을 달릴 수 있는 사륜구동 지프차에 탑승. 백사막으로 가는데 약 두 시간이 걸린다고 하였다. 멀쩡한 사람도 장거리 여행에 지칠 판인데 밥도 못 먹고 설사를 하면서 사막으로 간다는 자체가 나에게는 무리였다. 그렇지만 내가 못 간다고 하니까 남편도 안 가겠다고 하였다. 특별한 곳에서의 사진을 포기하게 하기는 사진작가에게 치명적임을 아는지라 안 갈 수가 없었다.

버스 앞좌석에 웅크리고 앉아 자꾸만 잠을 청했다. 계속 먹는 것이 시원치 않아 기운도 없고 멀미도 났다. 네 시간쯤 걸려 사막에 있는 오아시스 동네인 바하래야에 도착하였다. 배가 계속 아파서 점심을 먹을 수가 없었다. 몇 번이나 속으로 되뇌어 보았다. "여보, 나 인제 더는 못 가겠어요. 혼자 가세요."라고. 눈물이 났다. 딴 사람은 다 가는데 나만 중도하차 하려니 슬펐다. 그것도 하루 일정이 아니라 내일 저녁에나 만나야 되니 엄청 심란했다. 드디어 남편에게 말했다. 눈물이 먼저 나왔다.

남편은 걱정 말라고 하면서 자기도 안 가겠다고 하였다. 정말 미안했다. 현지 가이드에게 말을 하니 여기 호텔에 있어봤자 말도 안 통하고 히터도 나오지 않는 곳이라 고생이라고 하면서 오히려 사막에 가는 것이 돌봐주기가 더 좋다고 하였다. 베두인 족장이 타는 1호차 앞에 타면 멀미도 덜 할 것이고 찬찬히 운전하라고 하면 될 거라고 하였다. 용기를 주며 내 맘을 달래 주었다. 무엇보다 남편이 사진을 찍을 수 있겠다 싶어 "그냥 그이를 위해 가다가 죽더라도(?) 가자." 싶었다.

드디어 차에 올랐다. 뚱뚱한 베두인 족장이 운전을 하는 4륜구동이다. 마을을 조금 달리더니 그는 차를 세웠다. 뒤에 오던 네 명씩 탄 차 여섯 대도 멈췄다. 그리고 어디를 갔다 오더니 나에게 설사를 낫게 해 주겠다며 검은색 홍차가루를 먹으라고 한 주먹을 내밀었다. 이상한 걸 먹기 싫어하는 나를 재촉하였다. 눈을 질끈 감았다가 두 손에 나누어 질질 흘리며 먹었다. 그러더니 십 센티미터 정도 되는 길고 가는 과자를 주었다. 먹어보니 고소하고 담백한 맛이다. 아침부터 먹기만 하면 화장실로 달려가야 했기에 과자까지 먹고 괜찮을까 걱정이 태산이었다.

그런데 참 이상도 하였다. 물만 들어가도 배가 살살 아팠는데 속이 편안해졌다. 차는 사막 가운데 난 아스팔트를 잘 달리고 있었다. 배가 남산 만한 족장은 가끔 내 어깨를 두드리며 걱정 말라는 사인을 보냈다. 그러고는 은근슬쩍 가이드한테 아픈 걸 다 낫게 하고 저녁에 나랑 결혼하겠다고 했대나? 웃다가 조금 걱정이 되었다. 여기 이집트 풍속으로는 일부사처(一夫四妻)는 합법이라고 하였다. 지금 족장의 부인은 둘, 부인들 모르는 애인이 하나 있다고 했다. 백사막에 도착할 때까지 신기하게도 나는 멀쩡했다. 사람들이 다 놀랐다. 기적이 일어났다고들 했다.

나는 회원들과 함께 백사막에서 베두인들이 모닥불 위에서 만든 저녁밥과 닭조림을 먹었다. 베두인 족장은 내가 다 나아서 예쁘다고 자꾸 특별대우를 해 주었다. 무지무지 큰 몸집의 족장은 조그마한 내가 귀여운(?) 모양이었다. 결혼 어쩌구 이야기가 나올까봐 나는 슬슬 자리를 피했다. 식후에는 회원의 생일파티가 있었다. 나중에는 베두인 청년들이 신나게 놀아 주었다.

새벽 3시. 남편이 부스럭댔다. 볼일을 보러 간다고 했다. 잠시 후 들어오기에 나도 나간다고 했다. 나가보니 깜깜한 하늘에는 수없이 많은 별들이 쏟아질 듯 반짝였다. 그래서 백사막 스타 호텔에서 잔다고 했나보았다. 북두칠성도 찾고 사자자리도 찾았다. 별자리 공부를 더 해 두지 못한 게 후회스러웠다. 남편이 모래를 파주어 큰일을 보고 다시 모래를 덮으니 흔적도 없었다. 남편과 함께 까만 하늘에 박힌 보석 같은 별들을 보며 이렇게 황홀한데 안 왔으면 어쩔 뻔 했나 싶었다.

오전 5시쯤 되니 두런두런 사람들 소리가 났다. 베두인들이 모닥불을 피고 아침을 하고 있었다. 끓인 물로 라면도 먹고 밥을 끓여 만

든 죽도 먹었다. 그리고 어째 이런 일이. 한국산 커피도 마셨다. 여러 날째 설사를 했기에 한 번도 이집트에서 커피를 마시지 못했었는데. 그렇게 맛있는 한국제 믹스커피를 마시다니….

베두인 족장은 날 보더니 반색을 했다. 어떠냐고?? 아이 엠 스틸 오케이 했더니 무척 좋아한다. 어젯밤 내 소문을 듣고 그 동안 배 사정이 안 좋았던 사람들이 그 홍차가루를 많이들 먹었다고 했다.

무사히 사막탐사를 마치고 나는 1호차를 타고 오아시스 마을로 돌아왔다.

오는 도중 족장은 뒤에 앉은 내게 자기 입술을 손으로 떼는 시늉을 하며 뒤로 키스를 날렸다. 계속 웃으며 즐겁게 간식도 나눠가며 이야기를 하였다. 내가 고마워서 홍삼절편을 주었더니 뭐냐고 하였다. 가이드가 한국산 비아그라라고 하니까 엄청 좋아했다. 그러더니 오늘 점심 먹고 나서 실험을 해 보겠다고 하여 포복졸도를 할 지경이었다. 마을 호텔에서 점심을 먹고 헤어지게 되었다. 버스가 떠나려고 하여 인사를 하러 내려가니 그 뚱뚱한 족장님이 날 확 껴안아 주었다. 버스 안에서 회원들이 전부 다 보고 있는데… 이걸 어쩌나? 웬걸! 남편은 그 사진을 찍고 있었대나?

이집트 설사의 종지부를 찍어 주었던 베두인 족장의 신비한 처방은 아직도 미스터리이다. 가장 힘든 리비아사막 탐사를 하게 해준 베두인 족장에게 사막의 천사님이라는 칭호를 드리고 싶다.

땡큐! 그레이트 마그디 엔젤~~.

크루즈 기항지 상하이

크루즈 중 기항지 관광이 있는 날이다.

새벽 3시 반 고동소리에 깨보니 벌써 중국 상하이. 배는 번화한 신시가지 앞 바다에 떠 있었다. 시계를 한 시간 앞으로 돌려놓으라고 했으니 어제보다 한 시간이 일러진 셈이다. 오전 10시 반에 집합하라고 해서 모였는데 11시 반까지 깜깜 무소식이다. 상하이에서 여권심사가 안 끝나 여권을 받지 못해 배에서 내릴 수가 없다고 했다. 역시 중국은 만만디의 나란가? 답답하고 지루하였다.

승선증과 여권 사본 한 장을 필수로 들고 드디어 상하이에 내렸다. 중국가이드(조선족)의 설명을 들으며 버스를 타고 '여원'이란 정원을 관람하였다. 마침 일요일이라 사람들이 아주 많았다. 입구 옆에는 스타벅스 커피점이 성업 중이었다. 밀려서 들어가며 살펴보니 연못은 온갖 쓰레기와 함께 수많은 살찐 금붕어가 보였다. 여원의 특징은 천연 돌로 정원을 꾸미고 건물의 담장 위를 용이 휘감고 건물 전체를 함께 돌고 있는 것이다. 그러니 용의 길이가 얼마나 긴지 가늠이 되지 않았다. 높고 오래된 자주색 목조건물 속에는 옛날 중국인이 살았던 가구와 모습들이 재현되고 있었다.

거리로 나와 시장과 백화점을 돌아다녔다. 육이오 때 인산인해였

다는 중공군 생각이 났다. 가는 곳마다 사람이 넘쳐흘렀다. 다리는 아프고 어지러워 백화점 안쪽에 조용한 곳을 찾아 쉬다가 모이라는 장소로 나갔다. 빨강색 팔 완장을 두른 군인이 장사하는 사람들에게 뭔가 위협하는 모습도 보였다. 3시쯤 황포 강 포서지역으로 가서 강변 둑으로 올라가니 여기도 사람들 천지. 강 건너 포동의 죽죽 올라간 신시가지 건물들을 관람하는데 비가 내렸다. 며칠 후면 엑스포를 한다고 꽃 장식을 하고 미니어처를 세우는 등 여기저기 공사가 한창이었다.

수많은 사람과 고층 건물 그리고 누런 황포 강. 오늘 상하이 일정은 끝이라고 했다. 힘든 상하이 관광을 마치고 승선하였다.

저녁때 식당에 가니 디너 담당이 웨이터(mokkil-필리핀)와 조수(Jang-중국)가 바뀌었다. 싹싹하게 서비스를 잘 하였다. 일행 중 한 분이 젓가락이 없냐고 하였다. 돌발사태! 갑자기 영어로 젓가락이 생각나지 않았다. 조수 '장'에게 "국수를 먹을 때 쓰는 도구"라고 설명을 했더니 쇠귀에 경 읽기였다. 참 답답하였다. 아이고~ 젓가락이 뭐더라~ 아하 "챱 스틱~" 드디어 생각났다. 장과 눈이 마주친 순간 "챱 스틱!" 하고 소리쳤다. 그녀는 웃으며 여기엔 없고 구층에 있다고 했다. 에이 괜히 그거 생각하느라 머리 터지는 줄 알았는데 싱거워졌다.

그래도 다른 서비스는 잘 하였기에 인사동에서 산 동전지갑과 정리주머니 한 개씩을 '먹길'과 '장'에게 선물하니 무척 좋아했다.

사라진 탁송 가방

이제나 올까 저제나 올까? 시계만 보고 있는데 영 소식이 없었다. 여행 간 남편의 인천공항 도착을 기다리고 있었다. 저녁 6시 드디어 전화 소리. 반가운 남편의 목소리~ 그런데 다급하게 전화를 부탁하는 거다. 먼저 나간 일행에게 짐표가 있는지 확인해 달라고. 다른 사람은 짐을 찾아 다 나갔는데 자기 짐만 나오지 않는다는 거였다. 어째 이런 일이?

남아프리카공화국에서 부친 가방이 홍콩을 경유 한국으로 와야 했다. 여기 저기 알아보니 단원들의 짐표를 갖고 있는 가이드(TC)가 이미 가 버렸다는 것이다. 세상에 이보다 더 기가 막힌 일이 또 있을까? 어쩌자고 일행이 다 나오기도 전에 가이드가 먼저 떠날 수가 있단 말인가? 여행을 많이 다녀 봤지만 이런 책임감 없는 가이드는 듣도 보도 못했다.

남편은 비행기를 내리고도 나오질 못하고 있었다. 시간은 자꾸 흘러가고 집에 있는 나는 초조하였다. 온갖 상상이 다 되고 어떻게 대처해야 하는지 처음 당한 일이라 황당했다. 홀로 출국장 안에 남은 그 사람은 얼마나 속이 터졌을까? 카메라 가방만 둘러맨 채 짐표가 오기만 기다려야 했다. 어찌 어찌 연락이 되어 남편은 가이드가 불러

준 짐표의 번호로 가 분실신고를 하고 나왔다고 한다. 짐표는 각자 소지해야 되는 걸 어쩌자고 가이드가 몰아 갖고 떠났는지? 비는 억수로 오고 기분은 엉망이 되었다.

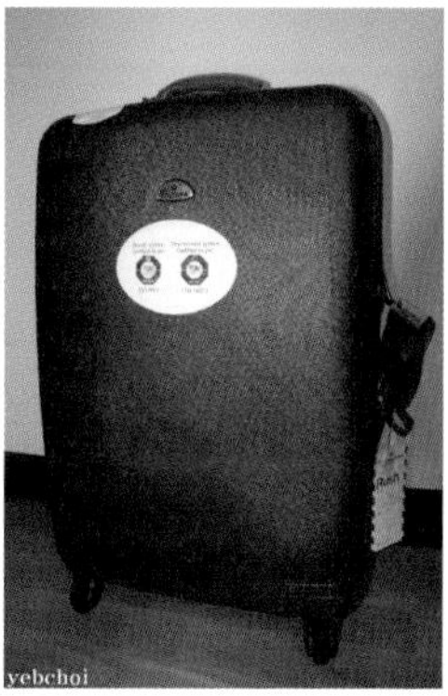

수해로 올림픽도로도 침수되어 이리저리 돌아오느라 밤 9시나 되어 정류장에서 만날 수가 있었다. 그래도 건강한 남편을 만나니 반갑고 다행이라 여겨졌다. 우선 사람이 멀쩡하니까 그깟(?) 짐이야 없으면 그만이지 싶었다. 남편은 손녀 선물이 없어져서 그게 맘에 걸리는 모양이었다. 나는 속으로 내 선물은 없나 보네? 하였다.

집에 와서 늦은 저녁을 먹고는 남편이 일행 중 아프리카에서 도둑맞은 이야기들을 해주었다. 잠근 가방을 열고 카메라, 소지품 등을 꺼내 갔다고 하였다. 듣고 보니 분명히 거기서 잃어버린 것 같았다. 내 짐작에 "당신은 가방이 튼튼하고 잠긴 것이 열리지 않으니 아마 통째로 갖고 갔나 보구려." 하니 아마 그럴지도 모른다고 하였다. 이런 저런 이야기로 잠을 못 자고 있는 데 밤 1시 반이 넘어 핸드폰이 왔다. 찾았다고. 히야 신 난다~ 잃었던 가방을 찾은 기분이란? 우린 좋아서 또 잠을 설치고 있었다.

마/침/내/

그 동안 심려를 끼쳐 드렸기에 가방은 내일 (아니지, 벌써 오늘이 되었다). 오전 중에 택배로 보내 준다고 하였다. 휴우~ 이렇게 사라진 탁송 가방 해프닝은 종료가 되었다. 해피엔딩으로.

비도 오지 않는데 우산은 왜 쓰냐고?

한국이 외국과 다른 점은 밖으로 나가보면 알게 된다. 외국에 갔다가 막 인천공항에 내리면 들려오는 한국말. 신경 써서 듣지 않아도 자연스레 들리는 시끄런 소리들이 반갑다. 들리지 않는 외국말을 해석하고 말하려 할 때 정말 머리가 아프다. 경험해 본 사람은 안다.

화장실에 가도 돈 받지 않는 것.

유럽, 미국, 캐나다 등 잘 사는 나라도 돈을 내야 화장실을 이용할 수 있다. 물론 인도, 네팔, 터키 등 대부분의 나라들도 마찬가지다. 인도에서는 화장실 입구에서 아주머니들이 휴지를 들고 있다가 돈을 받은 곳도 있었다. 독일 백화점에도 지키는 사람이 있어 그냥 이용할 수가 없었다. 더군다나 큰 거냐? 작은 거냐? 에 따라 돈을 달리 받았다. 미국에서는 주유소에도 화장실 이용료를 받았다.

또 어디서든 팁을 주어야 한다는 것.

호텔방이건 식당이건 간에 팁은 필수이다. 팁을 안 주면 심한 경우 돈을 떼어 먹은 도둑으로 안다.

다음은 물값이다.

식당에서도 물은 공짜가 아니다. 돈을 내고 사 마셔야 한다. 그냥 수돗물을 마시다간 탈이 난다. 우린 휴게소나 백화점, 음식점 등에서 거저 마실 수 있는 물이 즐비하다.

반찬을 더 먹으려면 돈을 지불해야 한다. 일본에서 밥을 먹다가 하도 느글거려 단무지를 더 달라고 하니 세 쪽 갖다 주고 나중에 돈을 더 달라고 한 일이 있었다. 외국에서 추가 반찬 요구는 바로 계산서로 올라간다.

중국의 한 호텔에 갔을 때이다. 로비 근처에 컴퓨터방이 있어서 들어갔는데 써도 되냐니까 그러라고 해서 이메일 체크를 하고 간단한 메일을 보냈다. 나오려니 돈을 내라고 하였다. 잠깐 사이에 십 달러 물었다. 미리 알아보지 않은 내 잘못이 크지만. 그 담부터는 어딜 가나 프리 오아 낫? 꼭 물어본다.

일본에서 지하철을 타 보았는데 구간마다 요금이 달랐다. 참 합리적인 것 같으면서도 계산적이라고 느꼈다. 싱가포르에서는 버스요금을 내니 영수증을 주었다. 독일에서 전차요금도 구간마다 달랐다. 우리나라는 지하철, 시내버스가 같은 요금으로 종점까지 가는 게 정말 인심 좋다고 느꼈다.

온천에 가보면 다르다.

터키 파묵깔레에서는 수영복을 입어야 입장을 할 수 있었다. 남녀 같이 하였다. 그저 온천에 몸을 담그는 일이 다다. 일본 하꼬네에서는 다 벗고 남녀 따로 온천욕을 하였다. 더러 혼탕도 있다. 아키타에서 경험했는데 하도 뜨거운 김이 올라 서로 벗은 모습은 보기 어려웠다. 역시 온천에서 때를 열심히 미는 사람은 한국뿐이지 싶다.

햇볕을 가리는 양산을 쓰지 않는다.

캐나다 동쪽 끝, 할리팩스에 있는 큰 공원에 갔는데 어찌나 뜨거운지 양산을 썼다. 조그만 여자아이가 자기 엄마한테 저 여자는 비도 오지 않는데 왜 우산을 쓰냐고 물어보며 이상스레 쳐다 보았다.

유럽에서도 양산 쓴 여자들은 한국인 아니면 일본인이다. 발칸에서 유명한 관광지를 가는데 해변을 지나가게 되었다. 어찌나 해가 작렬하는지 우리 팀 여자들은 양산에 선글라스, 모자, 마스크까지 하고 해변을 지나게 되었다. 갑자기 거의 전라(?)의 비키니를 입은 여자들과 수영팬티를 입은 남자들이 일렬로 지나가는 우리를 구경하느라 난리가 났다. 저 사람들 이상하다? 외계인 같다. 뭐 그런 눈치다.

이 좋은 햇빛을 왜 가리는지 무척 신기한가 보았다. 우린 벗은 그 사람들 보고, 그 사람들은 싸매고 가는 우릴 보고. 서로 킬킬대는 소리를 냈다. 우리 팀 어떤 어르신은 줄만 걸린 비키니차림 때문에 어딜 봐야하는지 당황하셨다고 한다. 그래도 구경 한번 잘 했다. 서로 서로….

문화가 다르니 사는 모습도 다르다. 그래도 우리나라가 좋은 건 아직도 정이 많고 편하다는 것이다. 여행을 가고 싶기도 하지만 돌아올 때 마음이 푹 놓이는 것은 익숙한 우리의 것들이 많기 때문이 아닐까?

페루 3천 미터 고지에서 차가 고장

여러 해 전 여름 중남미 탐방을 하였다. 그 중 한 나라인 페루에서 리마, 쿠즈코, 우루밤바, 마츄피츄를 답사하였다.

오전 8시 45분에 우루밤바를 출발하여 기차를 타고 마츄피츄로 향했다. 기차는 협궤로 1920년에 완성했다고 한다. 우리 일행은 예매한 좌석에 앉았고 뒤쪽에는 미국인들이 타고 있었는데 자리에 앉지도 않고 와글거리며 무척 시끄러웠다. 한 시간 사십 분 걸려 도착한 아구아깔렌떼 역에 우리를 위한 버스가 기다렸다. 중간에 잉카인이 사는 마을에 들렀다가 점심을 먹고 마츄피츄를 가기 위해 버스를 탔다. 삼십 분간 2,800미터에 위치한 마츄피츄 입구까지 곡예 절벽운전을 하였다. 좁은 길 커브를 잘 도는 운전기사를 만나 다행이었다. 절벽 밑은 강이 흐르는데 내려다보면 천 길이나 되는 듯 아찔하였다. 걸어서는 사흘이 걸리는 산길을 편하게 갔다.

마츄피츄는 일명 공중도시로 육만 평에 달한다. 1911년 역사학자이며 남미국가의 독립사를 연구하던 미국 예일 대학 교수 하이럼 빙엄(Hiram Bingham, 1875~1956)이 발견하였다. 정확한 기록은 없고 유력한 설 몇 가지가 있다. 종교적 행사를 하던 신전이다, 밀림 산간지역으로 높은 지역에 도시를 형성했다, 왕의 신전이다 등 세 가지 설이 있다. 이상하게도 발굴시체의 칠십 퍼센트가 여자였다고 한다. 남자들은 모두 전쟁터로 갔는지? 2,600미터의 높은 산에서 거대한 잉카문명의 유적지를 바라다보니 오직 놀라움! 감탄뿐이었다. 이번 탐사 중 여기만 보아도 될 것 같은 감동이 밀려왔다.

돌로 지은 집, 신전, 지붕은 없고 남아있는 수많은 벽들, 기둥 등이 그대로 있었다. 돌을 자를 때는 돌에 구멍을 내어 나무를 박은 후 물을 부어 불리면 그대로 갈라진다고 하였다. 셀 수 없이 많은 돌로 쌓은 신전, 위에서 아래까지 규칙적이며 끝없는 계단식 농토가 장관이다. 5,900미터 산에서 내려오는 맑은 물이 수로에 콸콸 흘러간다. 그 옆에는 물의 신전이 있었다. 태양의 신전인 높다란 돌 성에 창문이 하나 있는데 6월 26일 태양이 그리로 통과한다고 한다. 기념하여 6월 24일 삭사이후아만 요새에서 태양의 축제가 있다. 태양의 신전이 잉카왕의 무덤이라는 설도 있다. 두 시간 십오 분 걸려 설명을 듣고 발로 다녀 보며 잉카인들의 위대한 유적을 탐사하였다. 마추피추에는 전 세계인들로 북적거리며 말이 다른 가이드들의 설명이 바쁘게 이어졌다.

다시 버스를 타고 내려와 페루레일이라고 쓴 기차를 탔다. 정류장에는 많은 여인들이 가방, 카펫, 모자, 스웨터 등을 팔고 있었다. 기관사는 편리하게도 정거장이 아닌 곳인데도 우리를 내려주어 곧바로 버스를 탈 수 있었다. 저녁을 먹기 위해 쿠즈코로 한참을 달려가다가 엔진과열로 차가 고장이 났다. 해발 3,000미터에서 고장난 차를 내려 하늘을 보니 그야말로 새까만 하늘에서 별들이 쏟아질 듯 찬란하였다. 젊고 수줍었던 운전기사는 땀을 뻘뻘 흘리며 차가 물을 먹어야 한다고 가지고 있는 생수를 달라고 하였다.

가방 속에 가지고 있던 물병들을 부산하게 꺼내 주니 차가 자꾸 물만 먹고 우리를 계속 물먹이고 있었다. 가이드 미스터 김의 핸드폰도 위치가 너무 높아 터지지를 않았다. 어떤 여자 회원은 히터도 꺼진 깜깜한 차 안에서 소리 내어 기도를 하였다. 그 절박함이 처절하여 추워서 웅크리고 앉아있던 우리는 아~멘 하고 소리쳤다. 지나가는 차도 차츰 줄어들고 날씨는 춥고, 배는 고프고 밤은 깊어갔다.

마침내 차 고치는 걸 포기하고 가이드가 지나가는 택시를 타고 시내로 갔다. 우리는 보이지도 않는 캄캄한 자동차 속에서 더듬더듬 가방에 꼬불쳐 두었던 초콜릿, 사탕 등을 나누며 주린 배를 달래고 있었다. 얼마나 애타게 기다렸던가? 그때 저 멀리서 작렬하는 헤드라이트가 비쳤다. 야아~! 그 순간의 반가움이란 상상할 수 없었다. 쌍라이트를 키고 구원의 천사 택시 다섯 대가 도착하였다.

호텔에 도착하니 밤 열 시 십 분. 가이드가 비상식량으로 아껴 둔 컵라면을 가져왔다. 맛있게 먹었다. 신라면이 그렇게 맛이 있는 줄 누가 알았으랴? 그날 밤 컵라면을 먹지 않고 굶고 잔 유일한 사람은 라면을 먹지 않는 내 남편뿐이었다.

페루 3,000미터 쿠즈코에서 뜻하지 않은 자동차 고장으로 잊지 못할 추억을 만들었다. 더 놀라운 것은 이튿날 어제 고장난 차를 고쳐 갖고 그 운전기사가 유유히 나타났다는 사실이었다.

으아악~ 다들 놀랐다.

프랑크푸르트의 전차 기사

프랑크푸르트에서 자유여행을 할 때였다.

우리는 작은 시골마을에서 묵었기 때문에 시내로 나가야했다. 한적한 길에 사람도 없었다. 어쩌다 겨우 만난 사람에게 말을 시키면 영어를 할 줄 몰랐다. 물어물어 기차 정거장을 찾아가서 표를 사려하니 당최 모든 게 서툴렀다. 그때 줄 뒤에 섰던 여러 사람들이 낯선 동양인을 도우려고 무척 호의적이었다. 빙 둘러 우리를 둘러싸고 저마다 독일말로 한 마디씩 거든다. 정신이 더 없었다. 프랑크푸르트행 기차표를 간신히 사고 타는 곳을 물으니, 나이 든 아저씨가 우리가 제대로 들어설 때까지 지켜 서서 손짓을 해주었다.

기차를 기다리는 동안 어떤 청년에게 말을 거니 유창한 영어로 자기도 그리로 간다고 하였다. 한 시간이면 가니까 안심하고 있으라고 하면서 이것저것 물어 온다. 이런 시골에서 코리언을 보는 게 무척 신기한가 보았다. 여기저기 호기심의 눈초리가 따갑다. 그런데 이상도 하지. 기차 안에는 빈자리가 많은데도 키가 큰사람들이 그냥 서서 이야기들을 나누고 있었다.

드디어 도착. 친절한 청년과 헤어져서 본격적으로 거리 구경을 나섰다. 유럽의 중심 비행장이 있어서인지 무척 번화하였다. 우리나라

명동에 해당하는 거리에는 많은 상점들과 사람들로 넘쳐난다. 거리에서 만난 우리나라 배낭여행 학생들이 어찌나 반갑던지 서로 인사를 나눴다. 사진도 찍어주었다. 무척 장해 보였다. 거리 한쪽에는 울긋불긋한 과일 노점상이 있었다. 각각의 과일색이 무슨 그림을 보는 듯 아름답다. 그 중에서 빨간 체리를 샀다. 삼각형 한 봉지에 오백 원 정도. 무척 싸다. 아랍계 상인은 우리를 보고 어디서 왔냐고 한다. 한국에서 왔다니까 "오우 꼬리아" 하더니 멀리서 왔다고 덤을 더 많이 준다.

인심도 좋지. 맛이 기가 막히게 달다. 거리 카페에 앉아 비엔나커피를 시켰다. 체리를 먹다가 커피도 마시며 사람 구경을 했다. 멋쟁이, 거지들, 흑인, 백인, 온갖 사람들이 다 지나간다. 얇은 옷을 입은 사람, 가죽코트를 걸친 사람, 배꼽링을 달고 배꼽티를 입은 젊은 여인, 머리를 빡빡 깎은 청년, 염색한 머리들, 재미있다. 어떤 전형적인 독일 청년이 우리를 째려보고 간다. 조금 겁이 난다. 왜? 나도 모른다.

우리는 기차를 이미 타 보았으니, 이번엔 버스를 타보기로 하고 정류장으로 갔다. 그런데 큰길 가운데로 빨강, 파랑, 노랑 전차가 이리저리 달리고 있었다. 버스보다 전차를 타기로 하고 어느 쪽으로 갈까 망설이고 지도를 보고 있는데, 어떤 할머니가 자전거를 타고 오더니 우리보고 무얼 도와줄까 하고 묻는다. 반갑고 기뻤다. 두 시간 정도 전차를 타면서 프랑크푸르트를 구경하고 싶다고 하니, 우리가 가려던 코스의 반대편을 추천해준다. 그쪽이 오래된 건물도 많고 강도 흐른다고 하였다. 찻길 가운데에 있는 자동판매기에서 티켓을 끊고 기

다리니 곧 전차가 왔다. 표를 내니까 영수증을 준다. 사람은 많지 않았다. 자리를 잡고 앉으니 할머니들, 어린애들이 자꾸 쳐다본다. 신기한가 보았다. 눈이 마주치면 모두들 미소를 보낸다.

고풍스런 거리를 지나고 강을 만났다. 헝가리에서부터 흐른다는 도나우 강이 여기서는 마인 강이라고 한다. 며칠 전 부다페스트에서 왈츠를 들으며 유람선을 타던 그 강물과 지금 내가 만나는지도 모른다. 다리를 건너 시골 마을을 지난다. 붉은 벽돌집들, 아름다운 꽃 장식을 한 작은 창문, 울창한 삼림지대를 지난다. 전차 옆으로 우거진 나뭇가지들이 드르륵 스친다. 사람들이 하나둘씩 내린다. 죽죽 뻗은 큰 나무들이 빽빽한 수목원(?)을 지나 전차가 멎는다. 남아있던 모든 사람이 다 내렸다. 우리가 그냥 앉아 있으니 중년의 기사아저씨가 어딜 가느냐고 한다. 아까 탔던 곳을 지도로 알려주니 그냥 타고 있으라고 한다. 표를 다시 사야하냐니까 공짜로 태워 주겠다고 한다. 기사 아저씨는 내려서 담배 한 대를 맛있게 피운다.

새로운 사람들이 표를 내면서 몇 명이 탄다. 곧 전차는 출발했다. 기사 아저씨는 자기가 내려 줄 터이니 걱정 말라고 하였다. 정거장에 설 때마다 우리가 잘 있는지 한 번씩 눈길을 주고는 씩 웃는다. 아까 가던 반대편 길 쪽을 구경하느라 마냥 밖에 신경을 쏟고 있었는데 기사아저씨가 손짓을 한다. 그리고 다음 정거장에서 내리라고 하였다. 전차가 정지한 후 우리가 내리니 기사 아저씨도 따라 내린다. 그러더니 우리한테 손가락으로 거리를 가리키며 똑바로 두 번만 찻길을 건너면 아까 탔던 곳이라고 일러준다. 찻간의 손님들이 모두 우리를 가만히 쳐다보고 있다. 기사 아저씨는 다시 운전석에 앉더니 "댕댕댕" 전차 소리를 내며 출발한다. 우리가 너무 고마워서 손을 마구 흔들었더니 전차에 탔던 모든 손님들도 웃으며 손을 흔들어 준다. 점점 작아지는 빨간 전차를 보며 가슴이 뭉클했다.

이방의 동양인을 위해 전차를 세우고, 내려서 친절히 일러주던 그 기사아저씨! 프랑크푸르트에 파란 눈의 전차기사 아저씨! 복 많이 받으시길.

인도 바라나시

인도 여행 중에 바라나시를 방문한 날이다.

오전 5시 반 기상. 갠지스 강에 나가 일출을 보기 위해 서두른다. 조그만 나룻배에 양쪽으로 앉아 갠지스 강을 한 바퀴 짧게 도는 것이다. 새벽 갠지스 강은 분주하다. 강가에 전문 남자 세탁부가 내려치는 빨래소리, 세수하는 사람, 양치질하는 사람, 목욕하는 사람, 그 물을 항아리에 정성껏 떠가는 여인네, 배에 여러 가지 물건을 싣고 원숭이와 함께 계속 따라붙는 장사꾼 등 모두가 분주하다. 강 옆으로는 높은 건물들이 즐비한데 더러는 관광을 위한 숙박업소라고 한다. 갠지스 강이 범람했을 때 수위는 굉장히 높다고 한다. 건물 반 이상이 물에 잠겼던 자국이 있다. 갠지스 강을 배를 타고 한참 오르니 우리의 등 뒤에서 아침 해가 찬란하게 뜬다. 어디에서건 해돋이는 경건하고 장엄하다.

종이 접시 위에 불을 붙인 조그만 접시 하나에 십 루피, 소원을 담아 갠지스 강에 띄우면 그 소원을 이룰 수 있다고 하여 정성을 담아 배가 강 가운데로 나아갈 때 띄워 보냈다. 나의 꿈, 내 남편, 내 아들의 건강과 발전을 위해 오롯이 떠나보냈다. 멀리 가물가물 나의 소원이 흘러간다. 여기가 인도 갠지스 강이다. 여기서 일출을 보고 있다.

감회가 새롭다.

한 바퀴 돌아오는 뱃길 끝에는 화장장이 있다. 이미 화장을 끝내고 마무리하는 곳과 새로 불을 지피기 위해 준비하는 곳이 있다. 여기도 돈이 많아서 장작을 많이 살 수 있는 부자는 시체를 깨끗이 태워 갠지스 강에 뿌리지만 가난하여 장작을 넉넉히 준비 못하는 사람은 덜 태워진 채로 개가 죽은 사람의 뼈를 물고 가거나 강에 그대로 던져진다고 한다. 화장터 한 쪽에 주홍 천으로 싼 시체가 사람 형상 그대로 묶여 화장을 기다리고 있다. 다 탄 화장터에서 타다 만 장작을 골라 가슴에 안고 나오는 아이가 보인다. 마음이 처연하고 심란하다.

갠지스 강에서는 삶의 한가운데를 헤집고 죽음이 지나간다. 종교는 사람의 지식으로 헤아릴 수 없음을 새삼 느낀다. 설명도 무의미하다. 거기 업을 씻어 내리는 갠지스 강이 있을 뿐. 이곳에 오는 것을 평생 소원하여 수천 리 밖에서 몰려드는 사람들이다. 강물을 만져 본다. 간절한 마음이 없어서인가 차고 냉랭하다.

갠지스 강을 뒤로 하고 좁은 골목길을 따라 인도인의 모습을 본다. 좁은 가게들, 길 위의 소똥을 피해가며 앞사람의 뒤를 따라 부지런히 걷는다. 맨발로 가는 사람들을 꼬불꼬불 따라간다. 회교사원인 황금사원이 나온다. 군인들이 장총을 메고 지킨다. 이유는 바로 옆에 힌두 사원이 있는데 과격분자들 사이에 가끔 충돌이 있기 때문이란다. 삼엄하다. 황금으로 종탑을 칠한 사원을 넘겨다 보고 그 다음 힌두 사원으로 갔다. 양쪽 모두 참배객들이 들락거린다. 사원 앞이나 가는 길에는 꽃을 가득 담은 큰 양푼을 놓고 금잔화, 연꽃, 이름 모를 꽃을 대나 줄기 없이 꽃만 엮어 팔거나 낱개로 종이 접시에 담아 조금씩 팔고 있다.

골목 사이사이에 경배하는 제단이 있는데 거기다 꽃을 바치고 이마에 빨간 칠을 하는 사람들이 경건하다. 제단은 꽃으로 덮여 있어 신의 얼굴이 안 보일 정도다. 나중에 보니 정식 사원에서는 제단 옆에 브라만이 앉아서 경배자가 꽃을 공양하면 이마에 빨간 점을 찍어준다. 거리에 다니는 사람들의 이마에 빨간 칠이 되어 있으면 그 사람은 사원에 오늘 아침 갔다 왔다는 표시라고 했다. 특히 먼 길을 떠날 때나 집에 무슨 일이 있으면 더 많이 범벅을 해서 이겨 붙이기도 한다. 비행장에서 이마에 빨간 찰떡모양을 이겨 붙인 한 젊은 남자를 보았다. 대단히 큰일을 앞두고 있어 보였다. 오늘따라 늦은 아침을 먹는데 모두가 진지한 얼굴이다. 갠지스 강에서 삶과 죽음을 목격해서일까…?

마쓰야마 자유여행

5박 6일간 일본 시코쿠에 있는 마쓰야마에 남편과 함께 자유여행을 했다.

인천공항에서 아시아나 직항으로 한 시간 반 걸려 마쓰야마 공항에 도착했다. 밖으로 나와 버스를 탔다. 뒷문으로 올라 표를 뽑으니 1번이라고 씌어 있었다. 운전기사 옆에 전광판이 있었는데 한 정거장을 지날 때마다 오십 엔씩 돈이 올라갔다. 구간마다 돈이 올라가는 우리나라 택시미터기 같았다. 한 시간 정도 타고 있었는데 내릴 때 1번 밑에 요금은 450엔(6,650원)이 되어 있었다. 한 번 타면 같은 요금으로 멀리 갈수도 있고 환승도 되는 우리 교통수단이 무척 너그럽게 여겨졌다.

또 일본은 교통체계가 우리와는 정반대다. 운전석이 우측이라 왼쪽에서 달린다. 잘못 알고 찻길을 건너다 여러 번 놀랐다. 왼쪽에서 차들이 튀어나오니 조심해야 된다. 자전거도 무척 많다. 가히 자전거의 나라라고 해도 과언이 아니다. 에히메 대학 구내에도 학생들이 타고 온 자전거 보관소가 어마어마했다. 다른 한쪽에 오토바이 보관소도 만만치 않았다. 학생들의 자가용 이용은 안 되는 거 같았다.

도시락을 싸 와서 교정에서 먹는 학생들이 많았다. 물가가 비싸다

고 들었는데 과연 그랬다. 슈퍼에서는 직경 5센티미터 토마토 세 개가 5천 원이고 작은 사과 한 개는 2천 원이다. 음식코너에는 온갖 도시락 종류가 다 있었다. 초밥에서부터 튀김, 덮밥종류, 김밥, 생선구이, 떡, 된장국 등. 사다 먹기만 하면 되는 즉석 식품들이 많았다. 병에 든 김치도 있고 한국 막걸리도 있었다. 시골이라 그런지 카드는 받지 않고 현금만 받았다. 관광지 기념품점에서는 가끔 카드도 받긴 했다.

언젠가 들었는데 일본 여인들은 파마를 잘 안한다고 하였다. 마쓰야마의 아줌마들도 생머리 단발이 많았다. 과연 헤어숍을 지나며 숍 앞에 가격이 씌어 있는데 머리 커트가 1,500엔(25,000원)이라고 했다. 웬만하면 집에서 아이들 머리는 엄마가 깎아준다고 한다.

여행 중 아침마다 오전 6시에 도고 공원으로 산책을 갔는데 6시

30분에 국민체조 노래가 나오면 빙 둘러서서 체조를 하였다. 앞 사람을 보며 따라 했다. 옛날 초등학교 때 하던 국민체조와 비슷하였다. 6일간 아침 체조에 나갔더니 드디어 궁금해진 일본 할머니가 이야기를 걸어 왔다. 우리는 한국인이며 오늘 떠난다고 말해 주었다.

맨손 체조를 하면서 한 가지 이상한 점은 운동기구가 아무데도 없었다는 것이다. 우리나라는 어디에든 운동기구가 설치되어 있어 맘만 먹으면 아무 때나 운동을 할 수 있는데 마쓰야마에선 발견할 수 없었다. 여행 중 아침 6시에 산책하고 6시 반에 십 분간 체조하고는 아름다운 공원을 한 바퀴 걸었다.

공원에서 돌아오는 시간이면 중학생들과 초등학교 학생들이 열을 지어 등교하는 모습을 볼 수 있었다. 학생들은 우리와 눈이 마주치면 수줍게 "오하이오 고자이마스" 하며 인사를 했다. 마주보고 걷는 길이 상쾌하였다. 숙소로 돌아오는 7시 반에는 아침상이 차려져 있었다.

여간 부지런하지 않으면 안 되는 일정이었다. 건강하게 다녀올 수 있어서 감사하다.

놀라 데스요오

2월에 4박 5일간 일본 아키타를 다녀왔다. 인천공항에 내려 보니 눈이 하나도 보이지 않는 게 이상했다. 그동안 눈 나라에 있다 보니 멀쩡한 도시가 무척 생경하였다. 아~ 여기는 눈이 없구나.

아키타에서 겪은 이야기 중 언어 때문에 일어난 에피소드가 많았다. 특히 언어에 관심이 많은 나는 한 마디라도 외워서 실습하려고 노력을 많이 했다. 아침 식사를 하러 식당에 갔다. 뷔페로 잘 차려져 있고 기모노를 입은 두 여성이 기다리고 있었다. 아침 인사를 한다고 나는 웃으며 "아리가도 고자이마스~"라고 큰 소리로 말하였다. 갑자기 사람들이 웃기 시작했다. 앞에 서 있는 일본 여인이 웃으며 "오하이오 고자이마스" 하고 웃었다. 이크 실수를 했구나.

이번에는 수빙(樹氷) 체험을 하러 1,450미터 모리요시 산을 가는 중이었다. 눈보라가 치고 길옆에는 눈이 2미터이상 쌓여 있었다. 밤새 눈이 쏟아진 길은 제설차가 웬만큼 눈을 치워 놓았다. 그러나 어찌나 눈발이 센지 자동차의 윈도 브러시가 쉴 새 없이 움직였다. 남편은 사진을 찍는다고 운전기사 반대편 맨 앞자리에 앉아 있었다. 갑자기 20인승 차가 휘이익~ 하더니 왼쪽 옆 눈이 쌓인 곳으로 처 박혔다. 회원들의 몸은 한쪽으로 휘청하고는 되돌아 왔다. 내 앞에서 현지 가

이드 구도 씨가 기사에게 뭐라고 하는데 자꾸 무슨 데스요라고 말을 빠르게 하였다. 바로 뒤에 있던 나는 나도 모르게 "놀라 데스요오~" 하였다. 긴장했던 회원들은 웃음을 터뜨리며 '놀라 데스요' 맞아! 하면서 한 마디씩 하였다. 그래도 기사분이 침착하게 차를 돌려 무사히 목적지까지 갈 수 있었다. 나중에 알고 보니 그때 바로 옆이 낭떠러지라고 해서 또 놀랐다.

무사히 돌아오니 "놀라 데스요오~"도 추억이 된다. 서울에는 이미 봄이 오고 있는 것도 "놀라 데스요오."

댄스 페스티벌

춤하면 제일 먼저 생각나는 도시가 있다. 남미 아르헨티나다. 부에노스아이레스에서 길을 걸어가다가 어느 공원에서 사람들이 모여 있고 신나는 음악소리가 들려 다가가 보았다. 까만 정장을 입은 키가 작은 노신사와 늘씬한 젊은 아가씨가 탱고를 추고 있었다. 할아버지의 리드에 따라 여성을 이리 돌리고 저리 돌리며 얼마나 멋지고 능수능란하게 춤을 추는지 넋을 잃고 감상을 하였다. 보는 사람도 흥이 나고 재미있어서 시간이 지나는 줄도 모르고 구경하였다. 가이드가 찾는 바람에 할 수 없이 떠나게 되었다.

또 한 번은 스페인에서다. 남녀 무희들이 무대에서 징을 박은 구두를 신고 딱딱 따다닥 소리를 내며 탭댄스를 추는데 기가 막히게 잘 돌아간다. 발 구르기도 힘들 텐데 거기에 맞춰 이 사람 저 사람 바꿔 가며 정신없이 춤을 추었다. 아마 십 분만 그렇게 춘다면 하루 열량이 다 소비될 것 같았다.

역시 터키에서 본 발리 춤을 빼 놓을 수가 없다. 배꼽을 내 놓은 여성 무희들이 현란하게 배꼽을 돌리며 발리 댄스를 추는데 기가 막혔다. 그냥 춤만 추기도 어려울 텐데 어찌나 배꼽을 잘 돌리는지 이해가 안 갔다. 남성 무희도 같이 나와 춤을 추었는데 배꼽을 내놓지

는 않았다. 요즘은 우리나라도 발리 춤이 유행이라 스포츠 센터나 YMCA 지부에서 하는 강좌에 발리댄스반이 있다. 우리 동네도 그런 곳이 있는데 많은 여성들과 어린이까지 신청하고 배우고 있었다.

아~ 또! 한번 크루즈여행 때 보았다. 일 주일간 큰 배위에서 지내며 여행을 하는 거라 여러 가지 재미난 프로그램이 많았다. 그 중 하나가 댄스경연 대회다. 각 나라 사람이 다 모이는 곳이라 외국인도 많았다. 원래 외국인들은 춤이 일상화되어 있기에 춤을 잘 추는 사람들이 많다. 어느 날 배 위에서 바다를 보며 한가한 산보를 하고 있었는데 어디서 쿵쾅쿵쾅 음악소리가 들렸다. 가까이 다가가 보니 한국 사람들이 춤을 추고 있었다. 남녀 다섯 쌍이 정신없이 춤에 몰두하고 있었다. 그런데 놀랐다. 어찌나 잘 추는지 바라보는 내가 바빴다. 나는 남편에게 조그맣게 저 사람들 제비족들 아네요? 하니 남편은 쉿

하며 조용히 구경하라고 했다. 게다가 그들은 정식으로 드레스까지 입고 춤을 즐기고 있었다.

그러다 퇴선이 가까워지는 날 저녁식사 후 댄스대회가 열렸다. 참 장관이었다. 각 나라를 대표하는 선수들이 화려한 옷들을 입고 출현하였다. 한 팀 한 팀 우열을 가릴 수 없이 잘 추었다. 각 나라 선수들 응원하느라 갑판이 떠나가라 시끄러웠다. 나는 누구를 추려내기가 어려웠다. 물론 한국팀 열 명도 나왔다. 놀래지 마시라~. 한 스무 팀이 나왔는데 시상식에서 코리아! 하면서 한국 팀이 1등을 하였다. 와~ 우레와 같은 박수를 받으며 그들은 상을 받았다. 괜히 나는 춤도 못 추면서 신바람이 났다. 잊지 못할 선상 댄스 페스티벌! 마지막에는 배에 탄 사람 모두 춤을 추는 시간도 있었다. 남편은 나가서 신나게 춤을 추었다. 나는 구경만 했다. 바보 같이. 지금은 나가서 출것 같은데…?

불가리아

지금 생각해 보면 언제 불가리아를 다녀왔나 싶다. 12일간 8개국을 매일같이 짐을 싸서 이동하는 힘든 여정이었다. 다시 가라면 글쎄? 선뜻 말하기 어렵다. 비행기를 열여섯 시간이나 타는 장거리여행은 힘에 벅찬 게 사실이다. 그러나 여행 중 버스에 앉아 펼쳐지는 아름다운 경치는 잊을 수 없다.

지나가는 멋진 풍경을 감상하며 나는 수 없이 그림을 그렸다. 마음속으로.

하나를 그리면 더 좋은 풍경이 나타나고, 다시 그릴라치면 또 나오고… 스케치를 하다보면 그 곳은 이미 멀리 사라지고. 스케치는 많이 못했지만 머리에는 아마 수백 장의 그림을 그렸을 것이다.

그 중에 하나! 집에 와서 파스텔로 그렸다. 여름인데도 가을 분위기가 나는 불가리아의 들판이다. 때마침 불어오는 바람에 날리는 갈대들이 장관이었다. 멀리 산에는 키 작은 나무들이 드문드문 시선을 멈추게 하였다. 마을도 보이지 않고 사람도 없고 오직 자연만이 드넓은 벌판을 차지하고 있었다. 다 그린 다음 일주일간 거실에 세워 두었다. 평화를, 또 자유를 느꼈다.

앞으로도 귀하게 다녀온 발칸반도를 조금씩 그릴 작정이다. 그릴 자료가 많으니까 마치 먹을 게 많은 것처럼 흐뭇하다.

스파씨바 러시아

6월 말 인천 공항을 이륙하여 모스크바로 향했다.

러시아의 제2 공항 세르메체에 열 시간 가까이 걸려 밤 8시 20분경에 도착하였다. 건조한 날씨에 기온은 낮에 25도, 아침 저녁은 10~15도라고 하였다. 어쩐지 비행기에서 내리니 선선하였다. 버스를 타고 가면서 석양을 바라보니 무척 아름다웠다. 밤 10시에 석양이라니…. 아, 여기가 러시아 모스크바이구나.

외국 정상들이 묵었다던 프레지던트 호텔에 여장을 풀었는데 우리에게 배정된 방은 특별하였다. 목욕탕도 둘이요, 금빛 화장실이 둘, 커다란 응접실에 책상, 고급스런 집기까지 품위가 있고 멋졌다. 우린 참 행운이다 싶어 무척 기뻤다. 역시 큰 나라라 호텔방도 크구나 하였다. 도저히 잠이 올 것 같지 않았다. 사실 다른 방도 다 그런 줄 알았다. 우리 방이 외국 정상들이 묵는 방이라는 걸 나중에서야 알았다. 어쩐지…. 모스크바에서는 이틀을 머무니 더욱 좋았다.

모스크바 지하철을 경험한다고 표를 끊고 지하로 내려갔다. 모스크바는 이미 1935년에 지하철을 개통한 한 단계 앞선 문명국가다. 정류장들은 온통 대리석으로 치장되고 샹들리에가 빛나고 있었다. 천정은 대리석 돔 형식으로 깨끗하였다. 지하철을 이용하는 수많은 사

람들이 밀려가고 있었다. 벽에는 가지각색의 그림이 모자이크되거나 부조 조각품 등 상당히 예술적인 가치가 있어 보였다. 특히 공산주의시절 생활 모습의 벽화가 많았다. 마치 고풍스러운 박물관을 방불케 하였다. 정교한 레닌의 모자이크상도 있었다. 러시아 지하철의 특징은 지하철이 상당히 깊은 곳에 만들어져 있다는 것이다. 그래서 지하로 통하는 에스컬레이터의 길이도 매우 길다. 짧은 것은 50미터에서 긴 것은 이백 미터가 넘는 것도 있다. 이렇게 지하철이 깊은 것은 전쟁 시에 지하철을 방공호로 사용하기 위해서이다. 러시아 사람들이 타고 내리는 지하철을 몇 정거장 타고 갔다가 반대편에서 되돌아 왔다. 지하철 안에서는 모스크바 사람들과 서로 쳐다보며 웃었다. 지하철을 처음 타 본 것처럼 신기하였다.

특히 한국은 LG의 모니터, 삼성의 전자 덕분에 우대를 받고 있다고 했다. 거리 곳곳에 삼성 간판이 있다. 크렘린 옆에 LG 다리가 있는데 LG가 다리 위의 선전판을 다 샀다고 하여 반가웠다.

모스크바에서 가장 높은 곳 참새언덕에 올랐다. 원체 산이 없고 구릉분지만 있는 곳이라 113미터 올라온 곳이 언덕이라고 한다. 마침 결혼식을 올린 청춘 남녀들이 한 떼씩 몰려 왔다. 거리의 악사들이 연주를 해주면 신랑 신부와 친구들은 노래에 맞춰 한바탕 춤을 추고는 샴페인을 터뜨리고 기념사진을 찍었다. 신부들은 발랄하고 거리낄 게 없었다. 사이사이 맛있게 담배를 피우는 신부들이 당차 보였다. 사람들 앞에서 키스하는 건 보통이었다. 때로는 진한 키스를 하느라 떨어질 줄 모르는 신랑 신부도 있었다. 키스하다 뒤로 넘어질까 가슴을 졸였지만 그런 일은 일어나지 않았다. 한 쌍이 시끌벅적하다 조용해지면 다른 쌍이 나타나고…. 연이어 밀려들었다. 재밌는 광경에 시간 가는 줄 몰랐다. 신랑 신부에게 축하도 해주고 같이 사진도 찍었다.

무명용사 묘지에는 많은 신혼부부들이 참배를 하러 왔다. 결혼식을 마친 신랑 신부들은 맨 먼저 꺼지지 않는 불꽃이 타고 있는 무명용사 무덤에 꽃을 바친 후에 새로운 인생을 시작한다고 하였다. 그 정신들이 돋보였다. 다른 사람들은 신성한 그 장소에 들어갈 수 없었다. 돌아오는 길바닥에 놋쇠로 된 둥그런 방패모양의 문양이 있었는데 거기는 모스크바의 중심지를 나타내며 근심 걱정을 날리는 곳이라고 하였다. 가운데 서서 동전을 뒤로 던지면 소원이 이루어진다고 하여 해보았다. 노파들이 재빨리 그 동전을 줍고 있었다.

광장에 쉬고 있는 어떤 남녀를 만났는데 허리를 내놓고 있는 여자는 타투를 하였다. 예쁘다고 하였더니 경계심을 풀고 말을 걸었다.

같이 있던 애인인 남자는 자기의 타투를 보여 주었는데 뒷목에 사랑 애愛 자가 한문으로 문신되어 있었다. 나보고 무슨 뜻인지 아냐고 하였다. LOVE라고 하니 웃으며 반갑게 인사를 하였다. 참 명랑한 커플이었다.

피아노가 있는 오래된 궁정에서 점심을 먹고 후식시간에 삼십여 명이 가곡 '보리밭'을 다 함께 불렀는데 남성 지원자가 모자를 벗고 머리를 휘날리며 지휘를 멋지게 하였다. 특히 "옛~생각이~ 외로~워~~ 휫~파람 불~~면~"에서는 지휘가 현란하고 멋들어졌다. 감동적인 '보리밭'이었다.

오후에는 박물관을 견학하고 저녁에는 모스크바에서 제일 큰 알렉산드린스키 극장에서 발레 '백조의 호수'를 감상하였다. 오페라 전공인 가이드의 친절한 해설을 듣고 백조의 호수를 감상하니 음악과 춤만으로 줄거리를 이해할 수 있었다. 어찌나 날렵하게 춤을 잘 추는지 사람이 아닌 백조로 착각할 지경이었다. 나란히 서 있는 발레리나들의 다리가 꼭 날씬한 백조들의 다리로 보였다. 오후 여덟 시에 시작해서 중간에 한 번 쉬고 세 시간 만에 끝났다. 다 보고나니 감동이 밀려왔다. 러시아에서 제일 잘 하는 발레단의 '백조의 호수'를 본고장에서 보고 정말 러시아에 온 걸 실감하였다. 스파씨바란 말이 떠올랐다. 여행 내내 러시아 사람들에게 인사하던 말, '감사합니다'이다.

스파씨바 러시아~

Petra 주전자

여러 해 전 독일에서 있었던 일이다.

동유럽 여행 중 독일에 사흘간 체류했었는데 하루는 프랑크푸르트에서 자유여행을 하였다. 가장 번화한 거리에 어마어마한 KAUF HOF 백화점이 있었다. 많은 사람들로 복잡하였다. 나와 남편은 그냥 구경이나 할 셈으로 들어갔다. 과연 산더미처럼 쌓인 물건이랑 많은 점원들, 내부 장식이 다채로웠다. 어질어질한 현기증을 느끼며 구경을 하였다.

여기저기 다니다 가전제품 코너를 발견했다. 평소에 사고 싶었던 자동 전기 주전자가 있었다. 값을 보니 한국에서 보던 값의 반이다. 독일 제품으로 하나 골랐다. 마침 하루 전 대한항공으로 짐도 미리 부친 터라 가지고 갈만 하였다. 카드로 결제하고 새 물건이 든 상자 하나를 받았다. 곧 비행장으로 가야 할 시간이 되어 바삐 챙겨서 나왔다.

집에 와서 주전자를 꺼내 시험을 해보았다. 그런데 웬일인지 전혀 작동이 안 되었다. 이리저리 살펴보니 핸들 밑 부분이 깨져 있었다. 서둘러 상자 안을 살피니 아무것도 없었다. 은근히 속이 상했다. 식구들은 값도 얼마 안 되니 신경 쓰지 말라고 했다. 그래도 나는 이튿날 가족들이 다 나간 사이에 상자를 자세히 살펴보았다. 혹시 이메일 주소라도 있으면 편지를 해 보려고 찾았으나 없었다. 그래도 회사명이 나왔기에 인터넷에서 찾으니 그 회사 팩스 번호가 뜬다.

나는 저간의 사정을 편지로 써서 페트라 회사 사장에게 팩스로 부쳤다. 프랑크푸르트 카우프 호프 백화점에서 언제, 얼마에 카드로 샀다는 것과 영수증이 있음을 알렸다. 그리고 그 자리에서 확인을 안 한 것은 나의 잘못이나, 물건을 한국에까지 핸드 캐리했으며, 상자 안에는 깨진 조각이 하나도 없었다. 이미 내게 팔리기 전 깨진 것이 틀림없다. 어떻게 하면 새것으로 바꿀 수 있느냐고 물었다. 그리고 사흘간 독일에서 좋은 인상을 받았는데 이 페트라 주전자 때문에 실망했다고 적었다.

정확히 이틀 후 Dear Mrs. Choi.로 시작되는 답장이 왔다. "우리의 제품이 작동이 안 된다니 정말 죄송하다. 새 주전자를 기꺼이 보내드리고자 하니 한국 주소를 알려주면 고맙겠다. 당신에게 진정으로 도움이 되고 싶다."라고 하면서 수출담당자와 페트라 회장의 사인이 있었다. 페트라 전자회사의 회장 이름이 페트라였다. 어쨌거나 나는 고맙다는 인사와 함께 내 주소를 알려 주었고 열흘 후 물건을 받을 수 있었다. 겹겹이 튼튼하게 포장이 되어 안전하게 도착하였다. 시험 가동을 하니 훌륭하다. 커피 한 잔씩을 가족에게 돌리고 마시니 이렇게 커피가 맛이 있었던가 싶었다.

나는 또 다시 편지를 썼다.

“정말 해피하고 감사하다고. 또 페트라 회사의 제품을 늘 가까이 두고 당신의 친절함을 기억함과 동시에 독일인의 철저한 서비스 정신에 찬사를 보낸다. 내가 이 주전자를 쓰는 한 당신 회사 선전은 확실하게 될 것이다. 회사의 무궁한 발전을 기원한다.”고 썼다.

작은 일에도 정성을 다하는 Petra 회사! 오늘 아침도 사연 많은 페트라 주전자로 끓인 물에 뜨거운 커피 한잔을 마신다. 감사하는 마음으로.

손주들에게 들려준 여행 이야기

지금은 3학년, 4학년, 6학년이 된 손주들이 우리 집에 와서 함께 잘 때가 있다. 그럴 때면 손주들은 늘 "할머니 여행 이야기 해 주세요." 한다.

여행 이야기는 그냥 어떤 나라의 풍광이나 역사에 대한 것은 좋아하지 않는다. 할머니 할아버지가 실수한 일이나 어려움을 당했을 때 같은 드라마틱한 스토리를 좋아한다.

예를 들면 사이판에서 한밤중에 설사 때문에 응급실에 갔다가 의사에게 '배가 쓰리고 뒤틀리며 쥐어짜는 듯 아프고 설사가 난다'를 설명할 때 진땀을 빼던 이야기, 캐나다 인디언 마을 축제에서 할아버지가 인디언들과 신나게 춤을 추고 어깨동무하며 운동장을 돌던 일, 발칸 여행 때 내가 멀미가 심해서 비행기 안에서 기절했다가 깨어나 보니 비행기 좌석 다섯 개를 차지하고 누워서 여행했던 일, 또 인도에서 화장실 갔다 오니 일행들이 총을 든 군인이 지키는 비행장 안으로 다 들어가고 나만 여권이 없어서 못 들어가서 애 태우던 일,

이집트 사막에서 화장실도 없는데 쩔쩔매고 뒤처리 하던 일, 이집트 크루즈 할 때 열 몇 명이 몽땅 설사병이 걸렸는데 할아버지만 멀쩡하던 일 등 난감하고 고생스러웠던 일들이 손주들에게는 흥밋거

리다.

인도 비행장 앞에서 급한 김에 민간 화장실에 갔다가 돈을 내라고 하는데 동전이 없었다. 가이드가 뛰라고 하는 바람에 죽어라 뛰어 도망갔던 일, 독일에서 갑작스런 우천으로 비행기가 뜨지 않아 시골에서 하루 자고 할아버지랑 둘이서 말도 안 통하는 촌에서 허덕대며 비행장으로 찾아가던 일 등. 끝도 없고 힘들었던 이야기들이 신나고 재미있게 들리나 보았다. 체험이 없다면 들을 수 없는 이야기들이 긴장감과 스릴을 주며 흥미가 배가 되었다.

인도와 네팔 강가에서 행해지는 화장터 풍경에서 아이들이 타다만 장작을 주워 뛰어가던 일이나 개들이 타다 남은 시체 뼈를 물고 내빼던 일 등은 궁금하면서도 신기한가 보았다. 또 호주에 갔을 때 모래사막에서 미끄럼을 타는데 내가 겁이 나서 못 타고 있는데 가이드가 나무썰매에 그냥 앉아만 보라고 하더니 갑자기 밀어버려서 놀라 소리소리 지르다가 다 내려오니 내 입에 모래가 가득 찼더라는 이야기에 배꼽을 잡는다.

이집트 공항에서는 비행기를 타러 들어가면서 짐 검사를 할 때 어떤 남자 가방에서 캔맥주가 나왔는데 공항직원이 압수하려고 하니까 그 남자가 얼른 맥주를 따서 꿀꺽꿀꺽 마셔버렸다고 하니 아이들은 웃긴다고 야단이다.

이런 저런 이야기를 하다보면 시간도 잘 가고 밤도 깊어갔다.

고사리가 일렬종대로

고사리가 일렬종대로 환영을 하고 있었다. 그렇게 환대를 받으며 나는 기뻐서 막 소리를 질렀다. 오~ 나의 고사리!

4월부터 나물을 캐고 싶다는 생각은 늘 있었지만 기회가 없었다. 왜냐면 남편과 동행을 해야 되는데 바쁘다는 데야 어쩔 수가…. 정말 벼르고 별러 시골엘 갔다. 완연히 봄이 무르익은 산은 온갖 나물을 품고 있는 듯이 보였다. 잘 알고 있는 산으로 올라갔다. 나의 가슴은 취나물과 고사리를 뜯으려고 부풀대로 부풀었다. 올라가다 보니 아직 취는 작아서 나물용으로는 일러 보였다. 그래도 주섬주섬 보이는 대로 땄다. 힘껏 잡아 다니다가 뿌리까지 올라오면 남편 몰래 얼른 뿌리는 도로 심었다. 남편이 뿌리까지 캐면 자연을 훼손한다고 뭐라 하기 때문이다.

산소가 있는 곳에는 이상하게도 고사리가 있다. 쏘옥 쏙 올라 온 고사리를 보면 그렇게 반가울 수가 없다. 여기저기서 고사리를 톡톡 끊다보면 비닐봉지는 그득해진다. 옆길로 해서 다른 산소가 있는 곳으로 갔다. 남편이 빨리 오라고 손짓을 한다. 사진을 찍으면서 고사리 있는 곳을 알려 주었다. 과연 나란히 서 있는 고사리들이 줄기도 통통하게 살이 올라 있었다. 오리걸음으로 이동하면 잘 보인다고 하

여 그리 해보았다. 과연 야트막한 시야로 보니 고사리가 잘 보였다. 하나를 똑 자르고 나면 바로 또 하나가 보이는 거다. 너무 기뻤다. 내가 하하 호호 신나하는 걸 보면서 그 사람은 소녀 같다고 놀렸다. 뭐라고 놀려도 내 귀에는 들리지도 않았다. 그냥 오리걸음으로 산소 둘레를 돌았다. 고사리를 따면서 산소 주인님이 고마웠다. 죽어서도 산 사람에게 기쁨을 주고 있으니 말이다.

묵직하게 딴 고사리를 배낭에 메고 내려오면서 싱글벙글 웃음이 났다. 고사리나물 반찬을 해 먹을 생각에 마음이 뿌듯하였다. 오죽하면 그이는 내게 "아마 다음 생에는 산골처녀로 태어날 거라고." 했다. 나는 벌써 딴 생각을 하고 있으면서 남편에게 "다음에는 언제 시골에 다시 올 예정이지요? 취나물이 잘 자랄 텐데요?" 하고는 웃었다.

집에 와서 등이 무척 아팠다. 그런데 남편에게 말 안 했다. 다음에 안 간다 할까 봐.

깁스

몽산포해수욕장에서 낙조를 보았다. 남편은 날보고 팔을 뻗고 손바닥을 펴 보라고 했다. 사진사가 하라는 대로 하였더니 태양을 손에 든 여인으로 사진이 나왔다. 대단하다! 이집트 갔을 때 피라미드를 손에 들고(?) 찍은 적은 있지만. 그 날 바다 아래로 지는 태양을 보며 마냥 행복했다.

다음 날에는 안면도 휴양림엘 갔다. 우선 수목원을 산책하기로 했다. 얼마 안 가 고풍스런 정자가 있기에 앉아서 잘 꾸며진 정원을 감상하였다. 온통 무르익어가는 가을 정취에 마음이 동화되어 옆에 있는 남편도 더욱 좋아보였다. 남편은 뒤에서 사진을 찍으며 따라오고 나는 언덕길을 돌아 내려오는데 자갈길에 그만 미끄러졌다. '어이쿠' 하는데 내 발목에서 찌익! 하는 느낌을 받았다. 일어날 수가 없었다. 가까스로 남편을 붙들고 먼~~길(무지하게 멀게 느꼈다)을 내려왔다. 매표소에서 물파스를 주어 부어오른 복숭아 뼈 쪽에 칙 뿌리고는 서울로 향했다. 차 속에서 너무 아파서 보건소에 전화를 걸었다. 응급조치를 할 수 있나 해서….

어떤 여자가 "여기서는 그런 거 못 하구유~ 읍내 의원으루다 가 보시유우~" 했다. 가보나 마나 시간만 허비할 것 같아 그냥 달렸다.

가려는 서울 정형외과에 전화를 하니 5시 반까지 와야 된다고 하였다. 길은 막히고 다리는 점점 더 아파오고 애가 탔다. 드디어 병원에 도착. 엑스레이를 찍고 나니 의사선생님이 다행히 뼈에는 이상이 없고 인대가 늘어났으니 이 주간 깁스를 하라고 했다.

나는 한동안 깁스하고 집에서 꼼짝 못했다.

갇혀(?) 있다가 보니 갈 곳도 많고 할 일도 태산인데 모든 게 열중 쉬어이다. 아유~ 몽산포에서 너무 좋아했더니 누가 시샘을 했나보다.

여왕의 만찬

멋진 호텔에서 '여왕의 만찬'을 드셔 보신 적이 있나요?

2월 초 강원도로 여행을 갔다. 마침 그 날이 나의 생일이라 근사한 데서 머물자고 하여 설악산 앞에 K 호텔로 갔다. 전부터 그 호텔에서 한번 자고 싶었던 곳이다. 왜냐면 설악산에 갈 때마다 양식당의 전망이 좋아 커피를 마시러 들리곤 했던 곳이다. 비싼 커피(?)를 마시며 "여기서 언젠가는 꼭 한번 묵어 보자"고 남편과 약속을 했다. 드디어 그 날이 온 것이다. 체크인을 하고 방으로 가니 사이드 테이블에는 과일과 포도주가 우리를 축하하기 위해 준비되어 있었다. 밖을 내다보니 눈 덮인 설악산이 우리 앞에 펼쳐져 있었다. '와아~' 하고 꿈인가 하니 꿈은 아니고 남편이 가까이에 있었다.

저녁은 근사하게 보내자 하고 로비로 내려갔다. 복도에는 그 호텔에서 묵었던 우리나라 유명 배우, 탤런트, 가수들의 사진과 의상, 기증품들이 전시되어 있었다. 아래층 현관 입구에 커다랗게 '여왕의 만찬' 포스터가 있었다. 그걸 보자 남편은 "오늘 같은 날 당신을 여왕으로 만들어 주겠다."고 하면서 적극 추천을 했다. 나는 남편을 따라 '더 퀸(The Queen)'이라는 이층 식당으로 올라갔다.

실내는 영국 왕실의 단란한 가족들 사진이 벽마다 장식되어 있었

다. 엘리자베스 부부, 찰스 황태자, 다이애나 비, 윌리엄 왕자, 해리왕자 등이 화려하게 빛나고 있었다. 자리에 앉으면서부터 나는 나비넥타이를 맨 웨이터의 깍듯한 대접을 받기 시작했다. '더 퀸'에서 우아한 여왕이 되어 가고 있었다.

달팽이 요리를 시작으로 귀한 와인을 서비스 받으며 천천히 품위있게 변신을 해갔다. 앞에 앉아 그윽하게 나를 바라보는 남편이 마치 엘리자베스 여왕의 남편 필립공처럼 멋져 보였다. "그래 이 순간을 즐기자." 하며 속으로 좋은 것만 생각하기로 했다. 오늘따라 와인이 술술 잘도 넘어갔다. 온통 세상은 날 위해 축복을 해 주는 것 같았다. 속이 아파서 그 동안 잘 먹지 못했던 스테이크도 미디엄이라 부드럽게 미각을 자극하였다. 이 세상에 오직 나를 위해주는 남편과 축복만이 가득 찬 내 가슴은 터질 것만 같았다. 다음엔 마치 과일로 만든 예술작품인양 후식 접시가 놓였다. 향긋한 파인애플 주스 한 잔! 드디어 여왕의 만찬이 끝났다.

누가 그 순간 나보고 물어 보았다면 “부러운 게 없다.”라고 대답을 했을 거다. 평생 처음 먹어 본 여왕의 만찬으로 생일 날 저녁 나는 이 세상에서 가장 행복한 여인이 되었다.

“여보~ 나 언제 또 여왕 만들어 줄래요?”

오이도

전철 4호선을 타면 가끔 '오이도'행이라고 전광판에 뜬다. 볼 때마다 오이도란 어떤 곳일까? 하는 의문이 들곤 하였다. 그리고 그 오이도에 언젠가 한번 가 보리라 했다. 그런데 우연찮게 어제 거기를 갔다. 사실은 요즘 내 심사가 꿀꿀하다. 며칠째 심난하고 모든 관계에서부터 탈출하고 싶은 마음이 들었다. 그래서 정처 없이 밖으로 나갔는데 갑자기 오이도 생각이 나는 거다. 그렇지! 오이도로 떠나자!!

동작역에서 지하철을 탔다. 하염없이 밖을 내다보기도 하고 타고 내리는 사람들도 무심히 보았다. 모두가 무엇이 그렇게 바쁘고, 피곤하고, 재미있는지. 표정도 행동도 다양했다. 생전 듣도 보도 못한 역들을 수없이 지나고 지하철 칸에 나만 남았다. 신길 온천도 지나고 몇 정거장을 더 가니 종착역이라며 노래가 흘러 나왔다. 오면서 오이도에 내려 점심만 먹고 돌아오리라 작정을 했다.

그런데 막상 내려 보니 고층 아파트만 즐비하고 상가도 보이지 않았다. 오직 작은 슈퍼와 복덕방 그리고 김밥집이 있었다. 내 기분이 이런 날 천 원짜리 김밥으로 점심을 때우기는 싫었다. 그러나 정작 오이도는 여기가 아니라고 하였다. 복덕방 아저씨가 가르쳐 준대로 30-2번 버스를 탔다. 역시 십 분쯤 지나니 부두가 나왔다. 무작정

내렸다. 주변을 둘러보니 바지락 칼국수, 조개구이, 각종 횟집이 즐비하였다. 배도 고프고 하여 바다가 보이는 '할머니 손칼국수'식당 2층으로 올라갔다. 멀리 바다를 보며 앉아 있으니 오늘 참 탁월한 선택을 하였구나 싶었다.

보리밥을 덤으로 주는 칼국수를 맛있게 먹었다. 커피까지 천천히 마신 후 밖으로 나왔다. 자주색 머플러를 휘두르고는 저 멀리 배가 서 있는 선착장을 향해 걸었다. 넓은 바다와 점점이 떠 있는 배들. 내 가슴은 조금씩 열려가는 듯 했다. "그래 뭘 바라지 말자." 바라기 때문에 모든 일은 발생을 한다. 주어지면 고맙고. 더 이상 생각을 끊어 버리자. 저 바다에 훨훨 쏟아놓고 빈 마음으로 돌아가자."

돌아오는 길에 생굴을 한 봉지 샀다. 배추 겉절이를 해서 남편에게 주려고. 사면서도 피식 웃음이 나왔다. 여기까지 와서도 생활인으로 바로 돌아가는 게 너무 싱거워졌다. 하여간 벼르고 벼르던 오이도에 가보고 나니 속은 시원하였다.

이 여인 때문에

이 여인 때문에 몇 시간이나 신경이 쓰였다. 며칠 전 여행 중 천안리조트에 들렀을 때다. 6층 호텔에서 정원을 내려다보고 있었다. 여인의 뒷모습이 보이는데 여러 시간 동안 같은 모습으로 꼼짝을 않았다. 다른 일을 하다가 또 보아도 자세가 그대로다. 무슨 생각을 하나? 하다가. 무슨 고민 있는 여자 아냐? 하면서 남편에게 보라고 하였다. 그런데 계속 그 자세다. 남편은 자기가 내려가서 한번 물어 보겠다고 했다. 나는 가지 말라고 했다. 혹시 어려운 상황을 만날까봐 걱정이 되었다.

이러구러 잊고 있다가 저녁을 먹고 밖으로 산책을 나왔다. 마침 아까 보던 쪽으로 걷게 되었다. 아니? 그 여자가 그저 있네?? 우리는 깜짝 놀랐다. 살아있는 사람이 아니라 조각품이었다. 어쩐지~? 둘이서 한 참을 깔깔대었다. “그래~ 뭔 일 있을까봐 나가지 말라며?” 남편은 나를 놀렸다. “나는 진짜 사람인 줄 알았지요?” “우 하하하.” 우리는 배꼽을 잡고 웃었다. 괜히 신경을 썼다고.

· 제3편 ·

늦게 배우는 그림

파고다에서 연주를

처음에는 수염이 복잡해서 그리지 않고 놔두었다. 이 분의 성함은 모르지만 파고다에서 가끔 연주를 하시는 분이다. 흑백으로 그리기에 멋진 모델이다. 그림을 그리면 시간도 잘 가고 잡념도 없어진다. 어느 날인가는 팔에 땀띠가 잔뜩 난 것도 모르고 그림을 그리고 있었다. 비지땀을 흘리며 무엇인가에 열중한다는 것이 기쁘다. 까만 종이에 살아나는 연주자와 악기가 신기하기도 하였다.

니콜라스 케이지

영화배우라는 것만 알고 있었다.

언젠가 잡지에서 그의 부인이 한국 사람 엘리스 킴이며 칼 엘이라는 아들이 있다고 했다. 부인을 만난 일화도 재미있다. 니콜라스 케이지가 식당에서 레스토랑 웨이트리스였던 김 양을 보는 순간 반해서 얘기한 지 오 분 만에 전화번호를 넘겨주었다고 한다.

니콜라스 케이지(Nicholas Cage)는 1964년 1월 7일생 미국인이며 키는 182센티미터 몸무게 78킬로그램. 출연 영화는 '페이스 오프', '로드오브 워', '콘 에어', '패밀리 맨', '더 록', '월드 트레이드센터' 등으로 네이버에 소개되어 있다.

안타깝게도 내가 본 영화가 하나도 없다. 케이지에게 미안하다. 그래도 그려 주었지 않은가? 아마도 그는 털보인가보다. 손과 팔에 엄청나게 털이 많다. 이 다음엔 그가 나오는 영화 한 편 보고 더 잘 그려 보고 싶다.

2008.10
최금숙

김수환 추기경 님

2월 16일(2009년) 김수환 추기경 님이 돌아 가셨다고 TV 자막에도 나오고 연이어 톱뉴스로 보도되었다. 계속해서 그 분의 행적과 추기경님의 생전의 모습이 방영되었다. 참 아까운 분이 돌아가셨구나 하는 생각과 함께 마지막 하신 말씀이 자꾸 생각났다. "고맙습니다. 서로 사랑하세요." 평범한 말이지만 실천하기 어려운, 아니 어쩌면 쉬운지도 모른다. 다시 그 깊은 뜻을 생각하게 해주었다. 추기경님은 평생을 헌신하며 사랑을 나누어 주신 분이다. 성직자로 절제와 순명, 무소유를 실천하신 분이신 추기경님을 생각하면 경외감마저 든다.

수많은 사람들이 돌아가신 추기경님을 뵈러 몇 시간씩 성당 앞이나 이어진 길에서 추위에 떨며 줄을 서 있었다. 그 시간에 나는 그 분을 추모하는 마음으로 그림을 그리기로 했다. 신문에 난 작은 사진을 보면서 처음에는 연필로 스케치했다. 그러다 조금씩 연필 색을 달리해 진하고 옅게 칠했다. 오랜만에 연필로 그리는 것이라 생소한 느낌이 들었다. 자꾸 보면 또 고칠 곳이 보여 그만 그리기로 하였다.

그러는 사이 추기경님의 장례도 끝나고 조용해졌다. 그 분은 가셨지만 그림을 보며 "나는 바보야~." 하시던 추기경님을 생각한다. 진짜 바보는 바보라고 하면 화를 낼 텐데. 하면서 나도 바본데… 하는 생각을 했다. 추기경님의 좋은 점을 본받고 싶다. 그토록 평범한 삶을 부러워했다던 진솔하신 말씀을 기억하며 가장 평범하게 살고 있는 내 자신이 얼마나 행복한가 감사해졌다.

김수환 추기경 님!

똑같이는 못 그렸지만 마음을 다해 그렸습니다. 부디 천국에서 평안을 누리시길 빕니다.

조디 포스터

조디 포스터(Jodie Foster)란 이름 빼놓고는 몰랐다. 나중에 그녀가 1962년생의 미국 영화배우, 영화감독이며 161센티미터 키의 예일대 문학 학사, 최근 '님스 아일랜드' 개봉작의 주인공임을 알았다.

원래 처음에는 별 흥미가 없어서 놓아두었다가 옆에 앉은 학생이 그린 걸 보고 나도 그렸다. 머리 땋은 모양이 재미있어서 시작하였다. 무슨 여신 같은 분위기가 있어 그리스 신화에 나오는 인물인가 하였지만.

하여간 생전 머리를 따보지 않은 나에게는 흥미로웠고 매력적인 여배우를 그리느라 시간 가는 줄 몰랐다.

이번 여름은 작품 활동을 가장 활발하게 하였다.

내가 생각해도 기특하다.

2008. 7
최금숙

헤르베르트 폰 카라얀

헤르베르트 폰 카라얀(Herbert von Karajan)은 오스트리아 지휘자(1908년 4월 5일~1989년 7월 16일)로 잘츠부르크에서 태어났다. 베를린 국립오페라극장과 베를린필하모니 상임지휘자, 빈 국립오페라극장과 잘츠부르크음악제 총감독 등, 유럽악단의 중요한 지위에 있으며 명성을 떨쳤다. 대중적이며 다양한 레퍼토리의 지휘를 하였다. 1984년 베를린필하모니오케스트라와 내한, 세종문화회관에서 연주회.

이상이 사전에 있는 카라얀에 대한 간단한 설명이다.

또 한 가지 조수미와의 일화.

1986년 겨울, 조수미는 카라얀과 첫 만남을 가졌다. 그녀의 노래를 들은 카라얀은 놀라움을 금치 못했다. 카라얀은 "조수미의 목소리는 신이 내린 목소리. 백 년에 한 번 나올까 말까 한 목소리"라고 극찬을 했다. 세계 음악계의 황제로 군림하던 베를린 필의 지휘자 카라얀은 그렇게 조수미를 발탁, 단숨에 세계 최정상의 무대에 올려놓았다. 1987년 카라얀은 도밍고, 빈 필하모닉 오케스트라와 함께 한 베르디의 오페라 '가면무도회'에 조수미를 기용했고, 이는 음반을 통해 전 세계에 팔려나가며 조수미를 알렸다. 카라얀은 조수미를 만난 후 얼

마 지나지 않은 1989년 세상을 떠났다.

카라얀을 검은 바탕위에 흰색 색연필로 그렸다. 이런 기법은 처음이라 생소하였으나 일단 감을 잡고 나니 재미있었다. 하얀 색연필로 까만 바탕을 지워나가며 인물을 드러내는 작업이다. 세계적인 음악가를 그려 보았다는 대견함에 스스로 미소가 나왔다. 까만 디자이너 스지를 여덟 장이나 샀는데 몇 장이나 그릴지 모르겠다.

어떤 풍경

나는 마음이 답답할 때 이런 세필화를 그린다. 아무 생각 없이 그냥 샤프로 그리면 된다. 문지르고 또 문지르면 시간이 잘 간다.

이 작품도 다 그리고 나니 기분이 좋아졌다. 자연 만큼 위로가 되는 것은 없다. 흑백처럼 단순한 색이 평화를 준다.

고요한 풍경에 마음을 담아 이야기를 만들어 보기 바란다.

젊게 살아 보려고

새해 첫 작품으로 연필화를 그렸다. 겨울 설악산 권금성엘 올랐다. 꼭대기 바위산을 엉금엉금 더듬어 올라갔다. 가파른 바위 위에 앉아 기념사진을 찍었다. 언젠가 한번 그려야지 하고 두었는데 원본은 어디로 가고 복사본이 있는 걸 발견하였다.

지금보다는 훨씬 젊은 모습이 좋아 보여 색지에 2B 샤프 펜으로 그렸다. 그리다보니 내가 쓴 모자를 그리기가 힘이 들었다. 페루에서 구입한 손으로 뜬 모자인데 따뜻하여 애용하고 있다.

아침에 떡국을 먹다가 새해에는 활기차게 살자고 생각했다. 몸은 건강하고 마음도 젊게 살아보려고…. 과연 그림을 그려놓고 보니 둘이 다 젊어 보였다. 둘째 며느리는 그리는 걸 보더니 "어머니 너무해요~ 진짜 젊었는데요??" 하였다. "머! 우리가 좀 젊으면 안 되냐? 얼마나 좋아?" "나 올해는 젊게 한번 살련다!" 겉으로는 큰 소리 빵빵 쳤는데 사실 지난 달포 정도는 눈 수술로 골골 살았다.

그래도 새해가 되니 몸도 좀 나아졌고 희망도 생긴다. 남편이랑 여행도 가고 싱싱하게 보내려고 한다. 그림을 보는 사람들도 새해에는 힘차게 시작하기 바란다.

참새가 물어다 준 버찌

그림을 그리면서 많은 생각이 오갔다. 왜냐면 남편의 정년퇴임이 가까워 올 때 이 그림을 시작하였기 때문이다.

제일 먼저 참새를 그리기 시작했다. 평생 우리 가족이 편안하게 살 수 있도록 뭔가를 끊임없이 물어다 주었던 남편이 떠올랐다. 그렇게 나의 남편 참새는 날마다 맛있는 큰 버찌를 물고 날아왔다. 참새가 혼자 먹어 버릴 수도 있었던 버찌를 받아먹으며 나의 마음은 감사함으로 가득 찼다. 남편이 참새와 오버랩 되면서 "지금까지 물어다 준 그 많은 버찌가 다 어디로 갔을까?" 하는 생각도 들었다. 그런데 웬일인지 참새는 점점 살이 찐 모습으로 그려졌다. 고마움이 살이 되었나?

지난여름 노르웨이 오슬로에서 유명한 비겔란 조각공원을 답사한 일이 있었다. 거기서 비겔란이 했다는 말이 실감난다. "작품은 감상하는 날의 기후, 시간대, 보는 사람의 시각, 마음 상태

에 따라 느낌이 달라진다."

그렇다! 오늘의 참새는 다른 모습으로 내게 다가온다. 참새와 함께 나의 마음은 이리저리 잘 익은 버찌 위로 날아다니며 기쁘게 춤을 추고 있다.

이 그림 맘에 드시나요?

최근에 열심히 그린 그림이다. 휴 잭맨과 니콜 키드먼 두 사람의 포즈가 하도 다정하여 선택하였다. 이 그림을 그리면서 이들이 나온 영화 '오스트레일리아'를 꼭 봐야지 했는데 기회를 놓쳤다. 호주판 '바람과 함께 사라지다'라고 한다. 원래 러브스토리를 좋아하는데다 그림을 그리게 되니 영화 스토리를 알고 싶었다. 그러나 게으른 탓에 '오스트레일리아'는 종영되고 말았다.

그림을 그리면서 두 사람이 너무도 다정하게, 특히 여자가 남자의 어깨에 손을 얹고 앞을 보는 표정이 특히 좋았다. 요새는 두 사람이 같이 있는 것이 좋아 보인다. 산책길에 혼자 걸어가는 할아버지나 교회에 혼자 오는 할머니를 뵐 때마다 한 분은 왜 못 오실까? 하고 마음이 아프다. 젊은이들도 남녀가 둘이 가는 모습을 보면 귀엽고 사랑스러워 보인다. 아마도 나이가 들어가는 징조인가 보다.

휴 잭맨을 그릴 때 검게 자란 구레나룻이 힘들었다.

또 체크무늬 남방에 시간이 많이 걸렸다. 니콜 키드먼의 사랑이 넘치는 얼굴 표정을 담아내느라 여러 번 지우기도 했다. 검은 머리가 아닌 금발도 쉽지는 않았지만 재미있게 그렸다.

배경을 그려 놓고 보니 오래된 영화처럼 그림이 살아났다. 그 동안 내가 허리가 아파서 시간이 많이 걸렸다. 이번 YMCA 전시회에 출품하려고 했으나 똑 같은 그림을 흑백으로 그린 학생이 있었는데 제출할 작품이 그것밖에 없다고 하여 내가 양보하였다. 참 애착이 많이 가는 그림이었는데 어쩔 수 없었다.

어쨌거나 제일 시간을 많이 들여 그린 두 사람의 사랑스런 모습을 우리 집에 걸어 놓을 작정이다. 그 두 사람처럼 우리 부부도 그런 표정과 맘으로 살아가기를 바라는 마음으로…. 그림을 한참 바라보며 니콜 키드먼과 같은 미소를 지어 본다.

그런데, 이 그림 맘에 드시나요?

춤추는 사람들을 그리며

르누아르의 '무도회'를 그리며 춤에 대해 몇 가지 생각이 떠올랐다.

춤! 내가 언제 춤을 추어 봤던가?

어떤 친구 K는 명예퇴직을 하고 발레를 배우고 플라맹고 춤도 배우고 있다. 그래서 발표회에도 가 보았다. 또 다른 친구 S는 에어로빅이다, 스포츠 댄스다 하며 신나게 다닌다. 중학 동창 Y는 부부볼룸댄스를 배운 지 오래 되었다. 나는 평생 이런 무도회에 가본 적도 춤을 추어 본 적도 없다. 참으로 멋없이 살았다.

남녀가 붙안고 춤을 추는 모습을 그리다보니 손의 위치나 움직이는 몸의 형태, 얼굴 모습까지 자세히 묘사하게 되었다. 어느 땐가는 그려지는 그들이 부러웠다. 남은 신나서 춤추고 있는데 나는 힘들게 그리고 있구나 싶었다. 그래도 즐거운 사람들을 그리니 기분이 좋았다.

통통한 여인이 애교스럽게 털보 아저씨에게 안겨 돌아가는 모습이 재미있었다. 우리나라 부채춤도 아닌데 왜 부채를 쫙 펴서 들고 춤을 추는지 궁금했다. 남성의 독특한 양복 색깔이며 여자의 꽃무늬 원피스에 많은 공을 들였다. 또 배경을 그리다가 왼쪽 밑에 숨어있는 남녀의 얼굴을 발견하고 흥미로웠다. 사교춤도 못 추어보고 다른 춤도 즐겨보지 못했지만 그림을 통해 분위기와 기분만은 실컷 느껴보았다.

브래드 피트

여러 해 전 내가 그린 브래드 피트(Brad Pitt)가 강남 신세계 문화센터에서 전시되었다. 회원작품 발표회는 이 주간 열렸다.

식구들 얼굴이나 꽃만 그리다 배우 브래드 피트를 선택하였다.

언젠가 '가을의 전설', '흐르는 강물처럼'에서 브래드 피트를 만났던 기억이 났다. 가을의 전설이후 브래드는《PEOPLE》지 선정 '살아있는 가장 섹시한 남성'으로 선정되었다고 했다. 역시 섹시해서 그런지 여복도 많았다. 기네스 펠트로도 한때 그의 연인이었다. 지금 배우자는 안젤리나 졸리이다.

이미지 자체가 너무 진하고 명암 대비가 커서 칠하고 또 칠해도 표현하기 힘들었다. 여러 번 덧칠을 하여 깊이 있는 색을 표현하였다. 브래드 피트의 금발머리와 눈, 그리고 백만불짜리(?) 미소에 중점을 두었다.

전시회를 위해 몇 장의 그림을 가지고 갔을 때 반원들은 이구동성으로 브래드 피트를 출품하라고 하였다. 과연 그는 만인의 연인인가 보았다. 막상 여러 회원들 작품과 함께 전시된 걸 보니 흐뭇하였다.

무엇보다 남편이 "선생님 빼놓고 당신이 제일 잘 그렸어요!" 하는 바람에, 나의 허파에는 바람이 꽈~악 들어가 붕붕 뜨는 것 같았다.

더구나 두 며느리도 동행을 하였기에 내 기분이 좋았다.

앞으로 꾸준히 그려 볼 작정이다. 연필화를 그리다 보니 시간이 잘 가고, 잡생각이 사라진다. 또 쌓이는 작품이 많아져서 기쁘고 나중에 다른 사람을 그려 줄 수 있으리라는 희망이 생긴다.

또 하나! 남편이 나를 대단하게(?) 생각해 준다는 사실이다.

오 해피데이

보기만 해도 행복하다. 어느 날 작품 사진을 보다가 이거다 하고 그렸다. 마치 우리 손주가 비가 온 날 자전거를 타는 듯 했다. 개구쟁이들이 일부러 진창을 골라 같이 타고 가는 모습이 재미있다.

자전거 타는 그림을 그리며 '오 해피데이'가 생각났다.

여러 해 전 연필화에 한참 물이 올랐을 때였다. 대작을 꿈꾸며 손

주 세 명과 우리 부부 이렇게 다섯 명을 한 장에 그린 적이 있었다. 내가 사랑하는 다섯 명을 한 눈에 담고 차례차례 색연필로 그려 나갔다. 그리는 사람 따라 나의 생각은 시시때때로 달라졌다. 남편을 그릴 때는 남편의 고마움을 생각하고 손녀들을 그릴 때나 손자를 그릴 때는 그들이 얼마나 내게 기쁨을 주었는지 생각하며 웃으며 그렸다.

벌써 손녀 손자가 셋이나 된다. 많이 컸다. 손주들을 앞에 놓고 할아버지와 할머니가 뒤에 앉아 있으니 이 세상에 부러울 것이 하나도 없어 보였다. 그래서 그림 제목을 '오 해피데이'라고 했다.

지금 그린 자전거 타는 어린이 작품도 또 하나의 재미있는 '오 해피데이'가 되었다.

옆에 계신 분이 혹시~

그림을 그리고 있는 내 옆으로 와서 조용히 물어 보는 학생이 있었다. 옆에 계신 분이 혹시 사부님이시냐고? 나는 웃음이 나서 한참 ㅋㅋ했다. 내 남편을 아는 사람은 그런 오해는 없겠지만 연필화반의 후배는 그게 궁금했나보다.

2년 전 노르웨이 여행 중 만난 오드 씨라는 관광버스 기사다. 오슬로에서 오따로 버스여행 중 안전운행을 해 주신 멋진 분이다. 단순 기사인 줄 알았는데 정규 직업을 가지고 아르바이트를 하는 중이라고 했다. 직업이 뭐냐고 여쭈니 박사 컨설턴트라고 하셨다. 박사들을 자문해 주는 분이라 그런지 대단히 젠틀하고 지적으로 보였다. 그런

분이 파트 잡을 뛰시는 걸 보고 건실한 분이라고 느꼈다. 오드 씨와 이야기를 나누던 곳은 1952년 동계올림픽 때 스키 점프 경기가 열린 곳인 홀멘콜른이다. 요즘 유명해진 영화 '국가 대표'에서 본 올림픽 스키 점프대가 저 높이 있었다. 1892년에 세워졌고 해발 417미터에 위치한다. 매년 3월 두 번째 토요일에 세계적인 점프대회가 열린다.

노르웨이 사람들은 출생할 때 스키를 끼고 태어난다고 한다. 그 만큼 스키를 신체의 일부로 느끼고 스키가 일상화 되어 있는 나라다. 보통 스키 타러 갈 때는 전철을 타고 갈 만큼 접근성이 좋다고 한다. 하늘 높이 점프대가 아래로 향해 있는데 쳐다만 보아도 아찔하였다. 스키를 타고 하강할 때 그 기분은 타 본 사람만 알 것 같았다. 때마침 밴쿠버 동계올림픽 덕분에 스키 점프대가 다시 생각났다. 점프대 아래서 오드 씨와 이야기하는 것을 나도 모르게 남편이 사진을 찍었는데 우연히 사진을 보다가 외국인을 한번 그려 볼까하여 시작했다. 오드 씨는 얼굴 피부와 눈 색깔이 우리와 다르고 머리는 백발이라 그동안 그리던 얼굴과는 판이하게 달랐다. 그리는 동안 노르웨이 생각, 오드 씨 생각, 스키 점프대 등 수많은 추억이 지나갔다. 오드 씨는 본인이 살고 있는 오따에서 오슬로까지 비행기로 와서 우리 일행을 버스로 오따까지 태우고 가는 여행이었다.

오따에서 오드 씨와 헤어질 때는 무척 섭섭했다. 짬짬이 이야기를 나누었던 노르웨이의 베스트 드라이버 오드 씨를 그려놓고 보니 더욱 그가 옆에 있는 듯 반갑기만 하다.

케냐인 재개

아래의 케냐인은 내가 아는 사람이 아니다. 남편이 케냐에 갔을 때 동행했던 가이드 겸 드라이버다. 사진을 보는 순간 하도 잘 생겨서 한 번 그려야지 하고 벼르다가 그렸다.

아프리카인은 처음 그렸다. 늘 그리던 동양인과는 색깔 선택이 전혀 다르고 좀 어려웠다. 다 그리고 나니 세계인을 골고루 그려 보았다는 자부심이 생겼다. 연필화반에서 나처럼 그려본 사람은 아직까지 선생님 빼놓고는 없다. 남편에 의하면 재개의 꿈은 케냐에서 제일 가는 부자가 되는 거라고 한다.

환상적인 꽃무릇을 당신에게

지금 생각해 보니 참 이상한 일이었다. 항상 꽃다발을 받기만 했지 한 번도 남편에게 꽃을 선물해 보지 않았다. 왜 거기에 생각이 미치지 못하였는지 모른다. 그저 남자가 주고 여자는 받는 줄 알았다. 고리타분한 옛날식이다.

이번 그림은 꽃무릇이다. 남편이 찍어 온 꽃 사진들을 보다가 찬란하게 피어있는 꽃무릇을 발견하였다. 이거다 하고는 그리기 시작하였다. 그냥 꽃을 감상할 때 하고 그릴 때는 전혀 느낌이 달랐다. 무척 복잡했다. 다른 때와는 달리 꽃무릇의 색을 합성하는데 시간이 많이 걸렸다. A4용지에 촘촘히 색을 다르게 칠해 보았다. 98번이나 합성을 해 본 후 색연필 번호 126번, 131번이 꽃 색깔에 가깝다는 걸 알았다. 이번 만큼 색을 찾기가 힘들었던 적은 없었다. 또 이 꽃처럼 복잡한 모양을 가진 꽃도 드물지 싶었다. 꽃잎 하나씩 그릴 때마다 선명한 색이 나와 성취의 기쁨을 맛보게 해 주었다. 화려한 꽃술을 하나씩 그려갈 때마다 꽃무릇은 빛이 나는 것 같았다. 무엇보다 배경색을 연두색으로 하였다가 마음에 안 들어 원본대로 하느라고 애먹었다. 많은 노력을 할수록 그림은 점점 좋아졌다.

이번 학기를 마지막으로 남편이 강의를 그만두기로 하였다. 그 동안 교수직을 수행하느라 애썼고, 가족들을 위해 평생을 바친 그 노고가 눈물 나게 고마웠다. 그래서 마지막 강의를 하고 온 날 나는 남편에게 큰 절을 하겠다고 하였다. 남편은 절은 무슨 절이냐고 그냥 받은 걸로 하겠다고 강력히 사양하는 바람에 나의 소박하고 진정어린 인사는 불발로 끝나고 말았다. 하루 종일 벼르던 일을 못한 게 못내 서운하던 차에 이 그림이 완성되었다.

진짜 꽃은 아니지만 정성껏 그린 이 그림!
환상적인 꽃무릇 그림을 남편에게 바친다.
"고마워요. 그리고 사랑합니다."

아련한 그리움이 솟아

여름에 강원도 왕곡마을에 간 적이 있다. 한적한 마을이 옛 모습을 그대로 간직한 채 사람들이 살고 있었다. 초가집 옆으로 연기가 피어오르는 모습을 보았다. 얼른 고향집으로 돌아가고픈 마음이 들었다. 기실 갈 고향도, 기다리는 사람도 없건만 아련한 그리움이 솟아나는 것은 웬일일까?

도시에 살다가 시골에 가니 편안함과 다정함이 묻어났다. 남편과 마을을 둘러보며 이런 곳에 살면 어떨까? 하고 물어 보았다. 보기보다 쉽지 않을 거라고 하였다. 잠시는 모를까 그 마을에 살기는 직장도 그렇고 시골에 살아 본 적도, 농사를 지어 본 적도 없으니.

마치 꿈을 꾸는 듯 초가지붕으로 날아가는 연기처럼 나의 희망도 사라져갔다.

파스텔로 그릴 소재를 찾다가 이거다 하고 발견했다. 다 그린 후 하얀 연기를 파스텔로 살짝 문질러 주었다. 그림으로 그리다보니 역시 그때의 감흥이 되살아났다. 무성한 여름 나무로 들어가기 전 생기발랄한 나무와 저녁 연기! 많은 것을 상상하게 했다. 언젠가 들었던 생각이 난다. '그림이란 이렇게 이야기가 있는 것이 좋다'고.

바로 이 그림

이 그림을 그리고 내심 흐뭇하였다. 먼 산을 보며 꿈을 꾸는 듯했다. 떠오르는 해를 받아 반짝이는 산골짜기 물도 아침 해를 받아 노르스름하게 빛난다. 먼 산, 가까운 산이 어깨를 나란히 하며 정다운 산 그림자를 만든다. 우리가 모여서 한 동네에 살 듯 산도 여럿이 어울려 있다. 서로 다른 높낮이를 가지고 제자리에서 온갖 풍상을 겪으며 자연이 되었다.

때로 말없는 자연 앞에서 수많은 이야기를 듣는다. 가장 위대한 스승은 자연이라고 했다. 마음을 평화롭게 해주는 산들을 보며 조용히 자신을 돌아본다. 자연처럼 그렇게 소리 없이 베풀며 이로움을 주는 아름다운 사람이 되고 싶다.

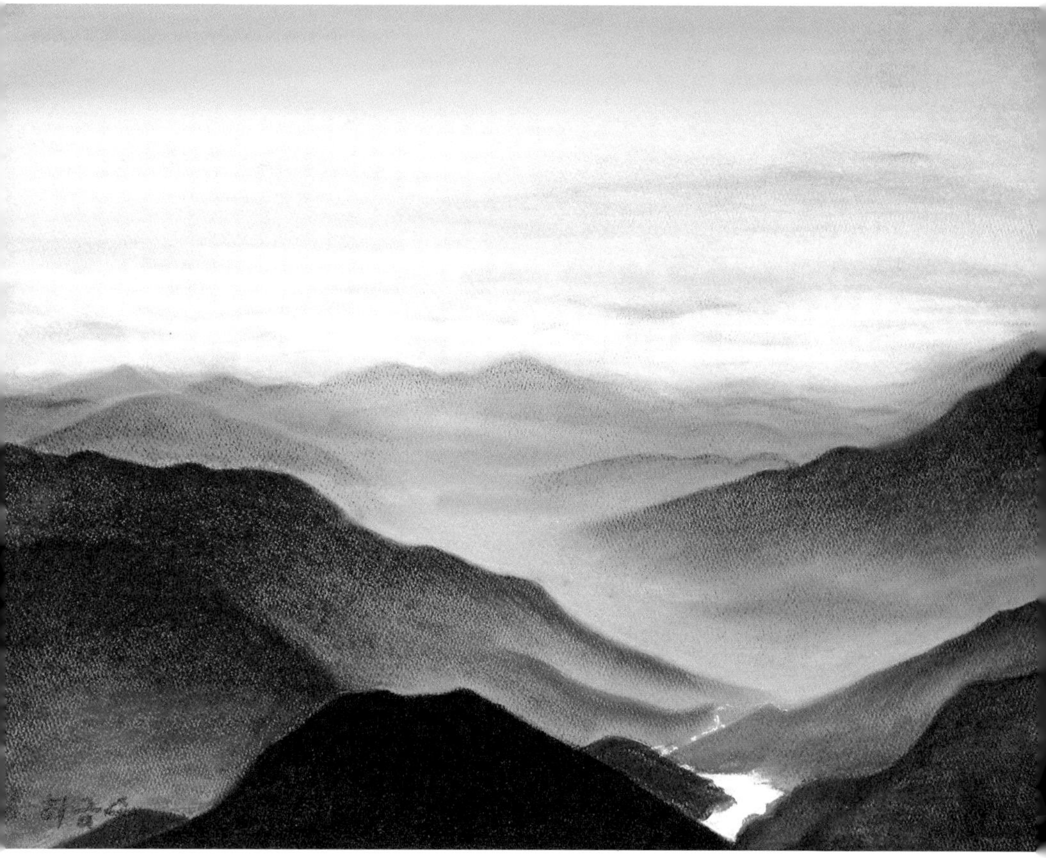

물닭 두 마리

얼마 전 예산에 있는 예당호수에 갔다. 물속에서 노는 물닭 두 마리를 바라보다 눈을 드니 아름다운 호수에 병풍처럼 서 있는 갈대숲이 눈에 들어왔다. '바로 저거야' 하는 생각이 들었다. 그건 한 폭의 그림이었다.

집에 와서 소프트 파스텔로 그렸다. 정 좋게 사는 두 마리 물닭처럼…. 그렇게 살고 싶다는 마음을 담아 완성했다. 좋은 느낌 같이 나누기 바란다.

짝퉁 전시회

지난 파스텔 수업시간에 내가 또 웃겼다. 이 그림 때문이다. 모딜리아니의 작품인 '잔느'를 따라 그린 것이다.

"아메데오 모딜리아니(Amedeo Modigliani 1884~1920)는 이탈리아인이며 프랑스의 보헤미안이라고 한다. 1917년에 부인 잔느 에뷰테른을 만나 딸 하나를 낳고 그녀가 임신 아홉 달째인 1920년에 병으로 요절하였다. 사랑하는 남편이 죽은 지 이틀 만에 그녀는 5층에서 뛰어 자살하였다. 적대적인 그녀의 부모는 십년이 지난 후에야 묘를 합해 주었다고 한다. 비극적인 사랑으로 끝났지만 그들의 딸은 모딜리아니 여동생이 입양하여 잘 자랐다. 후에 아버지 모딜리아니의 전기를 썼다."(네이버:〈오늘의 미술〉 발췌)

그림을 본 선생님은 사진보다 더 잘 그렸다고 하셨다. 그래서 내가 "짝퉁 전시회를 한번 할까 하는데 어떠세요?" 했더니 "짝퉁 전시회요?" 하시면서 껄껄 웃으셨다. 하도 크게 웃으니 학생들이 다 몰려 왔다. 짝퉁 전시회 해라! 말아라! 기발하다! 웃긴다! 처음 듣는 전시회다! 크ㅋㅋ. 야단이 났다. 사실은 그동안 내가 연필화로 그린 르누아르를 비롯한 다른 화가들의 그림도 많이 있는데 이번에 파스텔로 그

려보니 더 재미가 있었다. 모딜리아니의 작품에는 누드가 많다. 게다가 내가 "다음엔 누드를 한번 그려 볼까 해요." 했더니 "누드요~오?" 또 웃으신다.

그림을 다시 보니 한국미술품감정협회 위원장님 하신 말씀이 생각난다."가짜를 알아야 진짜가 보인다."라고.

최고의 찬사

나는 오늘 기분이 아주 좋다. 파스텔 선생님께 최고의 찬사를 들었다. 바로 이 그림을 보시고는 "와아~ 이렇게 잘 그리는데 여긴 뭘 배우러 와요?" 그런 다음 교단 앞으로 내 그림을 가지고 가셔서 다른 학생들에게 느낀 점을 이야기해 보라고 하셨다. 나는 조금 흥분해 가지고는 학생들의 말은 귀에 들어오지도 않았다. 내가 이렇게 순진하다. 격려해 주신 말씀 한마디에 둥둥 떠서 진짜 줄 알고 있으니 말이다.

지난번 2011 아시안컵 축구대회 때 인도와 경기 중 윤빛가람이 결승골을 넣고 나서 환호하는 모습이다. 신문을 보고 '이거다' 하는 느낌이 와서 파스텔로 그린 것이다. 처음부터 인물이 작고 사람이 많아 그리기 어려울 거라고 하였지만 그냥 그리고 싶어서 맘대로 그렸다. 그리면서 선수와 이름을 알았다. 이름은 많이 들었지만 실제로 얼굴 모습과 웃는 입, 튼튼한 몸 등 나름대로 정확히 인식을 했다.

왼쪽부터 이영표, 윤빛가람, 이청용, 기성용이다. 알아보시려나? 인물화를 색연필로 그려보기는 했지만 작은 얼굴을 파스텔로 나타내기는 처음이다. 그러나 결과가 좋으니 힘이 난다. 그림을 그릴 때도 즐거웠지만 그려놓고 보니 분위기가 신나고 다이내믹해서 기운이 넘친다. 모쪼록 그림을 보는 분들도 환한 웃음으로 감상하기 바란다.

두물머리

"이런 풍경은 어떨까요? 어떤 느낌이 들지요? 한마디씩 해보세요!" 새 그림을 그려 가면 이젤에 그림을 올려놓고 마음에 안 드는 부분을 지적하고, 또 다른 학생은 나름대로 평을 한다. 그런 다음 선생님께서 이런저런 점은 좋다, 그러나 지적을 굳이 한다면 이런 점이 좀 아쉽다고 말씀 하신다. 맨 끝에 말씀이 쓰디쓴 약이 되는 것이다. 그러나 그 말씀이 길어질 땐 마음이 좀 아프다. 아니 많이 속상하다.

한 작품이 끝나기 전에 매번 갖게 되는 품평회는 잘했을 때는 즐겁

기도 하고 질책이 쏟아질 땐 실망이 된다. 그렇게 한 작품씩 끝내다 보니 이제 꽤 많은 작품이 모였다. 이 작품은 그래도 덜 했다. 해가 뜨는 광경을 좀 더 자연스럽게 고치긴 했다. 때로는 지적한 것을 고치고 보면 좀 더 좋아지는 느낌을 받는다. 그러나 어느 때는 고치고 나서 더 맘에 안 들 때가 있다. 그럴 땐 얼른 그림을 작품집에 철해 놓고 안 본다. 속상해서. 그래야 새로운 작품을 구상하는데 도움이 된다.

하나하나 완성하는 기쁨이 크다. 점점 늘어나는 작품이 있어 보람도 있다. 그림을 철해 놓은 포트폴리오가 벌써 네 권이 되었다. 가끔 조용할 때 넘겨보면 새로운 감흥을 느끼게 된다. 지금 이 풍경 작품을 감상하는 사람은 어떤 느낌이 드는지 궁금해진다.

한경직 목사님

어느 해 가을 속초로 여행을 갔다.

빨간 벽돌의 예쁜 교회가 있었다. 옆 건물에 '한경직 목사 기념관'이라고 씌어 있었다. 목사님의 생애와 발자취가 정리되어 있었다. 어느 누구보다 겸손과 청빈을 실천하신 목사님의 면모를 돌아보며 부끄러웠다. 출입구 옆에 목사님의 얼굴이 들어있는 포스터가 붙어 있었다. '우리의 벗이 되어 살고자 했던 그의 바람은 세상의 희망이 되었다.'라는 문구가 적혀 있었다.

인물화는 색연필로 그려야 섬세함이 살아나는데 이번엔 파스텔로 그렸다. 청빈과 사랑! 얼굴에서 그런 모습이 드러나길 바라면서 그렸다. 마음에 기쁨이 넘쳐났다.

나는 내 나이가 좋다

『나는 내 나이가 좋다』(이기옥 지음, 푸르메, 2011)라는 책 제목이 있다.

아직 읽어보진 못했지만 제목을 보는 순간 바로 나를 두고 한 말인가? 하는 생각을 했다.

오늘 아침 아침마당이란 TV 프로를 보니 70~80대 할머니 모델들이 출연했다. 곱게 차려 입고 자신 있는 걸음 거리로 음악에 맞춰 행진도 했다. 그걸 보면서 아직 나는 영계네? 하며 웃었다. 지금은 두 아들 출가도 했고 손자와 손녀도 있고 나름대로 일가를 이뤄 잘 살고 있으니 고맙다. 또 어려운 고비도 있었지만 건강하게 부부가 가끔 여행도 하고 영화도 보면서 함께 할 수 있으니 큰 복이다.

한날한시에 이 세상을 떠날 수는 없으니 언젠가는 홀로 남을 텐데 상상만 해도 속이 아프다. 흐르는 물결따라 자연에게 배우며 자연스럽게 살고 싶다.

2012.9.

고칠 게 없습니다

"고칠 게 없습니다."

"고칠 게 없다니요?"

"아니요. 고치면 더 망칩니다."

오늘 파스텔 수업시간에 선생님과 나눈 대화이다.

참으로 찜찜하다. 가끔 마음에 들지 않았을 때도 그렇게 말씀하신 적이 있다. 그러나 오늘은 '상상할 수 있는 그림'이라고 칭찬해 주셨다. 늘 그림을 감상할 때는 무언가 맘속으로 상상이 되어야 한다고 강조를 하셨다.

이 그림은 시월 중순 일본 알펜루트에 갔다가 만난 산꼭대기 풍경이다. 춥고 바람이 센 곳이라 나무들도 옆으로 쓰러지고 나뭇잎은 이미 다 떨어졌다. 특이한 하얀 줄기를 가진 나무인데 그 이름을 알지 못해 안타깝다. 모르면 모르는 대로 신기한 모습이 좋아 그렸다.

그날따라 파란 하늘이 눈부셨다. 아름다운 자연 앞에 감사함이 밀

려왔다. 그림을 그리며 다시 그때의 감동이 살아났다. 금방 보고 온 따끈따끈한 그림을 올릴 수 있어 기쁘다.

남태평양

겨울방학에 남태평양에 있는 괌으로 가족여행을 다녀왔다. 무척 추웠던 한국을 떠나 도착한 그곳은 꽃이 만발한 여름이었다. 늘 한 번쯤은 가족과 함께 외국으로 여행을 가고 싶었다. 가족 모두가 시간을 내기가 좀처럼 어려웠다. 드디어 벼르기만 하던 여행을 떠났다. 무엇보다 여섯 살, 일곱 살, 아홉 살짜리 손주와 함께 한다는 사실이 우리를 기쁘게 했다. 멀리 가기에는 힘들 것 같아 여름나라 괌으로 결정한 후에는 모든 과정이 순조롭게 풀렸다.

아이들은 할아버지 할머니와 함께 비행기를 타고 미국을 간다고 무척 들떠 있었다. 출발하는 날 저녁 대한항공을 타고 손녀들과 손자는 어린이 특식과 후식을 먹으며 즐거워했다. 어린이 서빙이 다 끝난 후 성인들에게 저녁을 주었다. 어린이 메뉴가 어른보다 화려하고 재미있었다. 장난감도 선물로 주었다. 어린이들은 신이 났다.

'PIC'라는 바닷가 안락한 호텔에서 닷새 동안 머물며 각종 물놀이며 호텔 내 다양한 식사를 즐겼다. 사랑스런 아이들이 시끌벅적 떠드는 소리가 노래처럼 즐겁게 들렸다.

그림은 첫날 괌 투어를 나갔을 때 세 어린이가 바다를 보고 있는 광경이다. 멀리 바다를 보며 무슨 생각들을 하였는지? 꿈꾸는 뒷모습이 아름다워 파스텔로 그렸다. 그들이 먼 훗날 멋진 추억으로 간직하기를 바라며 그렸다. 거실에 그림을 놓고 바라보며 행복했던 여행이 떠올랐다. 또 무사히 여행을 마칠 수 있어서 감사했다. 언젠가 다시 가족여행을 할 수 있기를 꿈꾸어 본다.

운주사 능선 길

국내 여행을 하면서 전라남도 화순에 있는 운주사에 들렀다. 보통 여행 중에는 산행을 같이 하게 되므로 절을 많이 지나가게 된다.

이날도 유서 깊은 운주사를 둘러보고 낮은 산을 올라 와불(臥佛)을 만났다. 특이하게도 남녀 두 분의 부처님이 넓은 바위 위에 나란히 누워 있었다. 감상하는 동안 다정하고 외롭지 않게 보였다. 한국적인 정서가 가득 들어있는 와불이었다. 전에 일본에 갔을 때는 혼자 있는 와불을 본 적이 있었지만 운주사 와불은 달랐다. 오래전 선조들의 혜안을 대하는 듯 기뻤다.

그 위로 올라가니 산길이 빙 둘러 보였다. 능선 길이라고 했다. 그 옆에는 휘어진 소나무들이 앞서거니 뒤서거니 자연스럽게 죽 서 있었다. 눈에 어른대던 그 능선 길을 파스텔로 그렸다. 바라보면 볼수록 정이 간다. 휘어진 소나무들이 바로 아래 바위 와불을 지켜주는 병풍처럼 함께, 그리고 따로 서 있다.

소나무 그리고 능선 길! 내가 좋아하는 그림이다.

미루나무

며칠 전 이 그림을 그리면서 생각했다. 그리고 싶었던 마음이 뭘까? 하고.

내가 첫 직장을 가졌던 곳은 시골이다. 전등도 없이 호롱불을 켜는 그런 곳이다. 버스도 하루에 몇 번 들어오지 않는 곳, 시골 장터에서 장을 보는 곳, 장터마당에 하나밖에 없는 구멍가게는 언제 가 봐도 손님도 없고 물건들은 먼지가 쌓여 있었다. 또 비가 많이 오면 개울에 물이 차서 버스가 끊어지는 곳이다. 비가 와서 개울에 물이 차면 지각생이나 결석생은 무효 처리되고 오후에 등교하는 학생도 많았다. 버스가 오지 않아 밤에 깊은 개울을 건너 하숙집으로 들어가던 일도 있다.

학교 선생님은 모두 열두 명의 교장선생님과 서무실 직원이 전부였다. 가사 실습을 하려면 석유곤로를 사용하거나 숙직실 아궁이에 큰 솥을 걸고 나무로 불을 때야 했다. 혼자서 중학교 1학년부터 고등학교 3학년 여학생을 가르쳤다. 한 선생님이 두 과목을 가르치는 일이 다반사로 나는 가정과 수학을 가르쳤다.

일년에 한번 산골동네 여기저기를 걸어서 가정방문을 가면 단골메뉴는 찐 고구마! 동네 어르신 생신이면 당연히 선생님들이 초대되

었다. 고3 학생들 중 스물세 살인 나보다 나이 많은 여학생들도 많았다. 학교 뒤에는 큰 저수지가 있고, 봄이면 아카시아가 교정에 만발하여 눈부신 자태를 뽐냈다. 그리고 하숙집인 미순네 집으로 가는 큰 개울가에는 키가 큰 미루나무 천지였다. 바람이 부는 날은 쏴~아 쏴~아 잎새들이 내는 소리가 음악으로 들렸다. 햇빛에 반짝이는 미루나무의 눈부신 하얀 잎들이 멀리 푸른 하늘을 우러러 보게 하였다.

이처럼 이 그림은 옛날을 추억하게 해주었다. 그리면서 이 생각 저 생각 행복했던 시절을 떠올리게 했다. 무엇보다 미루나무 아래 두 어린이가 뛰어노는 모습이 좋았다. 나이가 들면 추억은 더욱 각색되어 아름다워진다. 빛바랜 추억을 그림으로 살려 보았다.

할머니

인물화는 연필화를 그릴 때 많이 그렸다. 올 일년을 마감하며 오랜만에 할머니를 파스텔로 그렸다. 주름살이 얼굴에 가득하면서도 자그만 눈에서 빛나는 어진 마음, 웃으시는 그 얼굴에서 평생의 희로애락이 묻어난다.

처음 연필화를 배우고 몇 년 후 이모님을 그려드렸다. 팔순잔치에 갔다가 찍은 사진을 보고 그렸다. 열심히 그려서 가져다 드리니 무척 좋아하셨다. 자식들에게 "이거 봐라 영정사진으로 써도 되겠다." 하

면서 자랑을 하셨다. 오년 전의 일이니 지금은 더 연세가 드셨다.

그 이후 나이 든 분을 이제야 그렸다. 연필화반에서 어떤 학생은 주름진 할머니, 할아버지의 그림을 많이 그렸다. 그때 나는 주름살이 뭐 좋다고 저리 그릴까 싶었다. 그런데 이번에 그리면서 알았다. 주름 하나하나에 인생이 녹아 있는 것을. 참 귀하고 아름답다고 생각되었다.

나이가 들면서 인생을 보는 눈도 생각하는 것도 변해 간다. 아마 이제 보이지 않던 것이 보이니 철이 드는가 보다. 파스텔로 그림을 그리면서 깊은 생각을 많이 했다. 앞으로는 귀하고 아름다운 주름을 사랑하려고…. 어떤 어른이 "평생을 걸려 만든 흰머리를 왜 물들이냐?"고 했던 그 말씀이 이제 이해가 된다. 할머니께서 오래오래 건강하기를 빌어본다.

새해에 처음 만난 매화

지난 2월 하순, 처음 만난 매화를 보고 얼마나 반가웠는지 모른다. 그것도 높은 산 위에서 발견했다. 하얀 눈을 이고 나온 듯 백색의 꽃잎에 총총히 박힌 꽃술들이 노랗게 빛났다. 밖은 아직도 추운데 그 얇은 꽃잎들이 투명하게 비친다. 마치 새색시의 비치는 면사포처럼 신비를 간직하고 있었다. 아름다움은 바로 이런 것이구나 하고 느꼈다.

오일 파스텔로 그리면서 자세히 보니 단단한 까만 줄기가 햇빛에 카키색으로 반짝반짝 빛나고 윤기가 흐른다. 가지와 매화꽃에서 살아있는 생명의 기운이 감지된다. 딱딱한 가지를 그 여린 꽃들이 어떻게 뚫고 나왔는지 볼수록 신기한 생각이 들었다. 봉오리부터 활짝 핀 매화가 온갖 고난을 이겨낸 하얀 천사로 보였다. 장하고 존경스럽다.

다 그리고 나니 추운 겨울을 이기고 제일 먼저 세상에 나온 매화와의 만남이 큰 행운으로 생각되었다.

기발한 발상

얼마 전 아는 사람이 석류 두 개와 대봉시 하나를 갖고 왔다. 그냥 거실 장식장 위에 놓아두었는데 햇빛이 들어와 과일들을 비추니 참으로 아름다웠다.

갑자기 그리고 싶은 마음이 들어 스케치북을 가져왔다. 파스텔로 명암을 넣어 칠하니 근사했다. 조금 오른쪽이 빈 것 같아 연필과 볼펜이 든 도자기통을 그렸다. 배경색을 그려 수업시간에 가져갔더니 선생님께서 과일 위에 바다를 한번 그려 보라고 하시는 거다. 그래서 내가 놀라 "도대체 그런 게 그림이 됩니까?" 질문을 했다.

"한번 그려 보세요." 될 것 같지도 않은 그림을 그려 보라고 했다. 뭘 그릴까 고민을 하다가 안면도 꽃지해수욕장이 생각났다. 정작 그리고 난 후 보니까 볼수록 괜찮은 것 같았다. 정물을 앞에 두고 앉아 저 멀리 바다를 감상하는 느낌이 들었다.

아하! 상식으로나 머리로는 영 안 될 것 같은 일도 어우러질 수가 있구나. 고정관념에 꽉 찬 내 머리가 '핑' 하고 회전을 했다. 아무것도 모르는 우리 반 학생들은 완성된 그림을 보고 기발하다고 한마디씩 했다.

두 분 할아버지, 멘토

요즘은 누구의 멘토가 누구다 하는 말이 유행이다. 지난 7월 발칸여행을 마치면서 나는 두 분 할아버지를 멘토로 생각했다. 12일간 가장 근거리에서 두 분을 뵈었고 같이 고락을 나누었다.

그림은 두 분이 슬로베니아 보힌 호수에서 아침 일찍 산책을 하시는 모습이다. 사모님들께서 사정이 있어 홀로 오신 분들인데 같은 방을 쓰셨다. 언제나 다정하고 말없이 조용조용 다니셨다. 새벽이면 어김없이 산책을 먼저 하고 계셨다. 이번 여행에서 우리 부부는 처음으로 새벽산책의 즐거움을 알았다. 다른 여행 때는 모이라는 시각에 겨우 대가기 바빴는데 달라졌다. 아무도 없는 고요한 새벽! 이국의 아침을 즐기고 감상하는 묘미를 느끼게 되었다.

이날도 일찍 일어난다고 나갔는데 벌써 두 분이 계셨다. 반갑게 인사를 나누고 나니 마음이 기쁨으로 출렁거렸다. 정교회 종탑과 숲, 그리고 안개가 피어오르는 호수는 가히 선경이었다. 그 속에 두 분이 들어가니 더욱 그러하였다. 연세도 여든 고개를 바라보시는데 정정하게 여행을 즐기는 모습이 정말 닮고 싶었다. 나도 건강하게 살면서 남에게 폐 안 끼치고 도움을 주며 살고 싶다. 사실 이번 여행 때 내가 멀미를 심하게 해서 본의 아니게 일행 분들께 심려를 끼쳤다. 소리 없이

걱정해 주시고, 배려해 주신 분들이다. 젊었을 때는 내로라하며 사회를 위해 열성을 다 하신 분들임을 알기에 더욱 고개가 숙여진다.

한국에 와서 여행 뒤풀이 하던 날에는 멘토 한 분이 내가 부러워했던 '안경걸이'를 선물해 주셨다. 선글라스를 주머니에 넣고 다니다 알이 빠져 끼지도 못했었는데 가슴에 매달고 다니는 안경걸이가 필요한 걸 아셨나 보다. 게다가 같이 여행도 못한 사모님께서는 조그만 정리주머니까지 손수 만들어 보내 주셨다. "사부님을 잘 챙겨주어 고맙다고."

이래저래 고마움만 쌓이고 아름다운 추억을 파스텔로 남겨 보았다. 두 분 멘토께서 건강하고 행복하시기 바란다.

파스텔과 네일아트

화요일 파스텔 시간에 있었던 일이다. 제일 젊은 여자 회원은 방학이 되자 아홉 살된 딸을 데리고 온다. 학교도 안 가니 집에 혼자 두기보다 같이 와서 그림을 그리게 하였다. 그날은 내 옆에 꼬마가 앉아 그리게 되었다. 엄마를 닮았는지 제법 뭔가 잘 그려낸다. 그림을 어느 정도 그리고는 옆에 와서 내 그림을 구경하고 있었는데 몇 마디 이야기를 하다 보니 손톱에 빨간 매니큐어를 하고 있었다.

매니큐어 누가 칠해 주었니? 아주 예쁜데?

엄마가? 아뇨~ 고개를 흔든다.

그럼 언니가? 아님 이모?

그럼 네가?

더 세게 고개를 좌우로 젓는다.

그럼 누굴까??

그랬더니 조그맣게 "네일 아트" 했다. 놀랬다. 조그만 어린이가 벌써 그런 델?? 참 빠르다. 엄마를 따라 갔겠지만 평생 매니큐어라곤 사 보지도 않은 내게는 충격이었다.

결혼식 날 딱 한번 손톱에 칠해 보고는 제주도 신혼 여행길에 비행기 안에서 신랑보고 내 손 예뻐요? 했더니 다음부터 칠하지 말라고 했다. 꾸미기보다 자연스러움을 좋아하던 사람과 살면서 예쁘지도 않다는데 굳이 돈 바를 일도 없었지만 늘 직장과 집안 살림에 바쁘다 보니 맘도 먹지 못했다.

이제는 시간도 여유가 있지만 주름진 손에 매니큐어가 무슨 소용? 언젠가 우리 동네 상가에 '네일 아트'라고 하는 점포가 생긴 걸 보긴 했다. 도대체 저 안에서 무슨 손톱을 얼마나 멋지게 하기에 아트라고 할까? 궁금했다. 아직까지 들어가 보진 않았지만 귀여운 어린이 덕분에 잠시 이런저런 생각을 해보았다.

요새는 파스텔로 풍경이나 꽃 그림을 그리고 있다. 연필화보다는 시간도 적게 걸리고 눈도 피로하지 않아 조금씩 그린다. 눈이 많이 오는 때라 눈 그림을 그리고 싶어 동네 산책길을 그렸다. 하얀 눈을 잘 살려보고 싶었다. 그런대로 설경이 그럴 듯하다.

유채꽃이 만발한 꽃지해수욕장

여기는 꽃지해수욕장이다. 지난 5월에 가보니 온통 꽃 천지였다. 노란 유채꽃이 흐드러지게 피었는데 멀리 바다를 바라보니 한 폭의 그림이 떠올랐다. 나는 추억어린 그림을 좋아한다. 그래서 여행하면 그림이 꼭 나온다. 그림을 다 그리고 보니 그때 행복했던 생각이 난다.

오일 파스텔 작품이다.

할아버지와 손녀

이 그림은 지난겨울 일본 돗토리사구에 갔을 때 넓고 넓은 모래 언덕을 할아버지와 손녀가 걷는 장면이다. 뒤에서 보는 내내 얼마나 다정한지…. 내가 사진을 찍었다. 남이 그렇게 걸어가더라도 좋아 보이는데 하물며 내 남편에 귀여운 첫 손녀이니.

집에 와서 오일 파스텔로 그렸다. 사실 모래 그리기가 힘들었다. 바닥을 네 번 칠했다. 사람 그리기는 더 조심스러웠다. 작은 발자국과 그림자! 그날 비치던 햇살따라 조금씩 분위기를 내어 보았다. 사

진을 좋아하는 남편의 무거운 카메라도 그렸다. 작은 그림은 오일 파스텔에서 큰 그림보다 훨씬 힘이 든다. 그래도 다년간 그린 연필화 덕분에 잘 그릴 수 있었다.

볼수록 정이 가는 그림이다. 내가 가장 사랑하는 두 사람이 있기 때문이다. 지금도 이 그림을 보면 사랑과 행복이 가득했던 요나고 여행이 떠오른다.

오대산 섶다리

가능하면 일년에 봄, 가을 설악산 쪽으로 여행을 한다. 우리가 좋아하는 산에도 오르고 속초의 맛집도 들리면서 온천을 한다. 산과 바다, 그리고 온천까지 내가 좋아하는 코스가 다 있는 곳이다. 게다가 이제는 맛집까지 알아놓아 금상첨화다. 고민할 필요가 없는 여행지다.

가끔 오대산 쪽으로 발길을 돌리면 새로운 풍광을 만나게 되어 새롭다. 특히 상원사 쪽으로 올라가는 곳에 전통찻집도 있고 조금 걸으

면 그림처럼 섶다리를 만나게 된다. 건너 가보지는 않았지만 옆에서 예스러운 섶다리를 감상했다.

무르익는 가을단풍과 계곡 위의 섶다리! 흐르는 물속에서 깎이고 부딪치며 살아남은 수많은 조약돌… 집에 와서 바로 그렸다. 영원히 지지 않는 단풍과 함께 걷고 싶은 섶다리를 그림으로 정지시켰다. 언제든지 보고 싶을 때 볼 수 있다. 아~ 그때가 좋았다.

이집트 백사막

2008년에 다녀 온 이집트 백사막이다. 한국문명학회 회원 26명이 12박 13일 동안 여행을 했다. 이집트의 3분의 2가 사막인 이집트에서 백사막을 어렵게 찾아 가서 1박 2일 머물렀다. 2인용 텐트를 한 20여 개를 빙 둘러 설치하고 나니 굉장했다. 밤하늘에 올려다 본 하늘은 반짝이는 별들이 쏟아지듯 빛나고 있었다. 사막에 친 텐트 속은 있는 옷을 다 입고도 추웠다. 새벽 5시에 일어나 떠오르는 사막의 태양을 감상하며 기쁨을 나누었다.

그 때를 기억하며 백사막을 그렸다. 사막의 바람 속에서 세월을 지

나 생긴 기기묘묘한 조형물들이 참으로 신비함을 자아냈다. 그림으로 표현하려고 애를 썼다. 특히 태양에 빛나는 조형물의 색을 위치에 따라 명암 표현하는 일이 어려웠다. 마음에 들 때까지 다시 고치느라 시간이 더 걸렸다. 그리는 동안 이집트의 추억을 떠올리며 즐거운 마음으로 완성했다.

마냥 신기하고 우주의 다른 면을 경험할 수 있었던 백사막! 그림을 통해 다시 감상해 본다. 오일 파스텔작품이다.

재미있는 그림

방학이라 손주 세 명이 1박 2일로 놀러 왔다. 오기 전부터 어떻게 하면 재미있게 보낼까 궁리했다. 사실 오늘 교황님이 방한하시는 것보다 내게는 더 심각한(?) 일이었다. 그림을 넷이서 그리자고 했다.

모델은 할아버지!

손자, 손녀들과 나. 그렇게 넷이서 모델의 얼굴을 4등분하여 A4 용지에 오일 파스텔로 그렸다. 각각 사인도 했다. 그런 다음 맞추어 보았다. 재미있는 그림이 완성되었다.

하하 호호~ 할아버지 진짜 이상해요~?

우리는 웃고 또 웃었다.

마이산의 가을

11월 남편과 함께 전주를 여행하였다. 서울로 오는 길에 진안 마이산에 갔다가 찍은 사진을 보고 오일 파스텔로 그렸다. 산의 모습이 말의 귀를 닮아서 마이산이라 한다. 다 그린 그림은 다음 그림이 완성될 때까지 이젤에 놓고 가끔씩 감상하면 기분이 좋아진다. 오다가다 쳐다보면 뿌듯하다.

이 그림을 보면 늦가을 정취가 고스란히 묻어나오고 남편과 함께 거닐던 호수가 생각난다. 다른 사람의 사진을 그릴 때보다 내가 가본 곳을 그릴 때 행복하다. 그리는 동안 추억도 떠올리고 이 생각 저 생각도 하며 다시 한번 그때의 감동을 반추하게 된다. 그린 그림을 볼 때도 남다른 느낌을 갖게 된다. 특이한 마이산을 그리면서 커다란 말의 귀를 생각하며 올해는 남의 이야기를 많이 들어야겠다고 생각하였다.

많은 생각을 품은 그림이라 그런지 보면 볼수록 정이 간다. 새해 첫 그림으로 마이산을 올리게 되어 기쁘다. 추억이 어린 그림은 더욱 느낌이 좋다.

2014.1.

투몬베이

예술이냐? 추억이냐?

언제나 그것이 문제이다. 처음엔 추억어린 그림을 그려놓고는 마냥 행복했다.

요즘은 추억의 사진 속에서 어느 것을 빼고 어느 장면을 살리느냐가 고민거리이다. 아직도 추억을 살려놓고 싶으면서 예술성도 첨가하고 싶은 갈등 속에 헤매고 있다.

이 그림은 괌에 있는 투몬베이다. 여행 갔을 때 이른 저녁을 먹고 호텔 옆에 있는 바닷가로 나갔다. 멀리 반짝이는 불빛과 함께 하얀 호텔들과 콘도들이 보였다. 검푸른 바다 옆으로 산책길이 죽 펼쳐져 있었다. 투몬베이라는 입간판이 보였다. 한참을 걸었다. 출렁이는 바다와 구름, 마치 꿈속에 있는 듯 황홀하였다. 손잡고 걷는 남편이 있기에 더 아름다웠는지 모른다. 끝까지 가 보려고 했는데 보기보다 멀어 그냥 돌아왔다.

그러다 사진을 보고 그리고 싶어졌다. 검푸른 바다와 모래사장, 멀리 있는 호텔 야경 등을 나누어 그렸다. 사랑하는 마음까지 색으로 표현하지는 못했지만 그날 밤의 정취를 살려보았다. 그 가운데 태어난 오일 파스텔 작품이다.

최금숙

석양의 호반

일본 북해도를 여행했을 때 도야 호수를 유람하였다. 배에서 내린 다음 상가 2층에서 바라본 경치다. 늦가을 나무가 한국에서 보던 경치와는 다르게 보였다. 주변경치와 어울려 재미있는 그림처럼 다가왔다. 나무줄기가 석양에 반짝이며 노랗게 보였다.

멀리 보이는 호수와 석양!

어딘지 모르게 풍경이 아름다웠다. 바탕색과 나무가 절묘하게 어울렸다. 이국적인 맛이 났다.

고요한 어울림

올봄에 지리산 천은사에 갔었다. 거기서 만난 풍경이다. 아름드리나무들이 이리저리 휘어지고 높다란 부도각 문이 돌담장 가운데에 있었다. 나무들은 마치 회의를 하는 듯 모여 있었다. 나무 밑에는 하얗고 노오란 봄꽃들이 지천으로 피어 있었다.

다녀온 후 8월에 그렸다. 부도각 기와와 단청에 시간이 걸렸다. 이 그림은 전시회에 '고요한 어울림'이란 제목으로 출품했었다.

바닷가 야경

언제부터인지 야경을 한번 그리고 싶었다. 늘 생각만 하다가 드디어 야경과 만났다. 가끔 서해안으로 여행을 가는데 이날 기회가 왔다. 저녁을 먹고 바닷가로 나갔는데 멀리 불이 들어 온 공장들을 배경으로 찬란한 석양이 하늘에 그려지고 있었다. 공장에서는 저녁인데도 쉬지 않고 뭉게뭉게 연기가 피어올랐다. 석양에 비친 연기는 붉게 물들어 위로 올랐다. 바다에는 쌍둥이 형제모양 똑같은 석양이 이글이글 무르익었다. 석양이 하늘과 같으면서도 바다는 달랐다. 역동

적인 파도와 석양 그리고 구름이 뒤엉켜 부글부글 끓어올랐다. 사진을 찍었다. 정지시켰다.

바로 그리지 못하고 나중에 그렸다. 그리면서 나도 모르게 노을 속으로 빠져 들어갔다. 신나게 그렸다. 포트폴리오에 잘 보관하였다. 11월 초 문화센터 학생들의 발표회 겸 전시회가 열렸다.

일주일간 전시회가 열렸다. 많은 사람들이 내 그림 앞에서 감상을 하였다. 멀리서 보는 나는 뿌듯하였다. 바로 이 그림이다.

잠깐 멈춤

이 그림은 지난가을에 그린 그림이다. 푸른 호수와 물그림자가 좋아서 여행이 끝난 후 바로 시작했다. 일본 도야호수를 추억하며 오일 파스텔로 그렸다.

나는 거의 한 주에 한 작품씩 그리려고 노력했다. 풍경도 그리고 인물도 그리고 추억을 그렸다. 잘 그린 것도 있고 마음에 들지 않는 것도 있다. 칭찬받은 것도 많고, 지적을 받아 가슴 아팠던 그림도 많다. 끊임없이 나를 채찍질하여 의무처럼 그림에 매달렸다.

그러다 올 6월! 나는 파스텔 등록을 하지 않았다. '잠깐 멈춤'이 나를 불렀기 때문이다. 나는 나에게 방학을 선물하고 싶었다.

• 제4편 •

리뷰를 쓰는 행복감

한강, 『채식주의자』

모든 생명체에는 자신의 생존본능이 있고 종족번성 본능도 있다. 인간도 마찬가지다. 다만 인간은 고등동물답게 다른 생명체에 비해 생존본능이 정교하게 발전되어 왔다. 가능하면 다른 사람에게 피해를 안 주면서도 자기의 생존본능을 충족시키는 방향으로 진화된 것이다. 그렇다 하더라도 자기의 생존본능이 우선적이다. 그러니까 아무리 공존을 모색한다 하더라도 본심에서는 이기주의가 자리 잡고 있다.

어느 누구나 인간은 자기의 영역이 있다. 평소에는 유순하던 사람도 자기의 영역을 침해 받는다고 생각되면 물불을 안 가리고 맹수로 돌변하는 경우를 볼 수 있다. 다만 사람에 따라 드러내 놓고 공격성을 띄기도 하고 공격성을 은폐하고 은밀하게 공격하는 경우도 있다. 개인 이기주의가 서로서로 공감이 가면 집단이기주의로 변하는 경우도 있다. 지방이 한 패거리가 되기도 하고 국가 이기주의가 되기도 하고, 때로는 종족 이기주의가 되는 경우도 있다.

소설가 한강의 『채식주의자』(창비, 2007)가 맨부커상을 수상했다는 소식이 들려왔다. 맨부커상은 노벨문학상, 공쿠르문학상과 더불어 세계 3대 문학상의 하나라고 한다. 자연히 관심이 끌렸다. 보통 소설을 읽을 때는 빨리 읽었다. 그런데 한강의 『채식주의자』는 달랐다. 어떠한 내용이기에 세계적인 큰 상을 받았는가가 궁금했었다. 자연히 처음부터 끝까지 주의를 기울여서 읽었다.

소설은 「채식주의자」, 「몽고반점」, 「나무 불꽃」의 3부작으로 구성돼 있다. 3부가 모두 독립된 소설이다. 시간대별로 세 편의 소설을 쓴 시기는 다르다. 세 편의 소설이 게재되었던 문학지들도 다르다. 이 세 편의 작품을 한 권의 단행본으로 묶었다. 그랬더니 3부의 연작소설이 되었다. 서로 맥이 통하는 장편소설이 된 것이다. 매우 특이한 소설장르였다.

소설의 중심인물은 3남매 집에서 함께 생장한 김인혜, 김영혜가 각각 가정을 꾸려 살면서 남편과 얽히고설키는 이야기들이 주류를 이룬다. 대세는 책 제명이기도 한 채식 문제가 발단되어 흘러간다. 처음엔 샘물이었지만 점차 실개천이 되고 강이 되고 바다가 되는 이야기다. 시간이 지그재그로 흐르며 채식문제가 큰 이슈로 등장해서 끝내는 가정의 파멸까지 불러왔다.

인간은 아무리 발달해도 자기중심적이다. 세력 있는 다수파에 속하면 살기가 무난하고 소수파에 속하면 살기가 험난하다. 그래서 인간은 사회적인 동물이라고 했던가? 누군가가 어느 날 채식주의자가 됐다면 거기에는 분명 이유가 있었을 것이다. 그러면 왜 그랬을까를 알아보고 이해하면 크게 확대될 문제도 아니었다. 그러나 남편은 장인 장모 처형 처남 동서에게 떠벌렸다. 육식도 하는 사람들을 규합한 것이다. 급기야 장인은 자기 딸을 손찌검까지 하는 사태가 벌어졌다.

그러면 해결되었을까? 아니다. 문제는 점점 더 꼬이며 확대되었다. 싫다는 육류를 왜 강제로 먹이려고 하였을까? 종교를 강요하고 이념을 강요하고 급기야 먹는 문제까지 강제한다는 것은 분명 전근대적인 발상이다. 그런데 이 문제가 어느 문제보다도 심각하게 노출되었다. 육식문제에서 밀리면 마치 세상이 어떻게 되는 양….

영혜는 몽고반점이 있다. 보통 어릴 때 잠깐 있다가 사라지는 몽고반점이 스무 살이 넘어도 남아 있었다. 영혜는 브래지어도 갑갑해 했고 블라우스도 잘 벗었다. 왜 그러냐고 물으면 "더워서"라고 말한다. 자연계에 돌연변이가 있는 것처럼 일종의 문화 돌연변이 현상을 보였다. 이때 세상사람 들은 한 목소리로 그녀를 이상한 사람으로 매도했다.

소설가 한강에게 왜 맨부커상을 안겨주었을까? 한강의 『채식주의자』는 오늘날 한국사회의 멘탈의식 문제가 잘 대변되고 있었다. 한국적인 특수성과 세계적인 보편성이 어우러지는 공간을 잘 포착했다. 그 점에서 세계적인 문제작으로 부상한 것 같다. 아마도 세계문학계는 한국의 산업화와 민주화를 지켜봤을 것이다. 한글문화의 비약성을 모른 채 할 수도 없었을 것이다. 역시 가장 한국적인 것이 가장 세계적인 현상으로 드러났다.

아킬 모저, 『당신에게는 사막이 필요하다』

『당신에게는 사막이 필요하다』는 전 세계 25개 사막을 홀로 건넌 아킬 모저가 들려준 인생의 지혜와 감동의 기록이다. 지은이는 사막을 홀로 건너 본 사람만이 자신에게 도달하는 법을 찾을 수 있다고 이야기 한다. 그리고 사막을 건너기 위해서는 당신 내면의 고요한 사막과 먼저 조우해야 한다고 보탠다.

읽는이는 사막을 홀로 횡단해 본 체험이 없다. 그리고 내면의 고요한 사막과 먼저 조우한 일도 없다. 다만 사막의 어느 부분에서 눕거나, 걷거나, 미끄럼을 타거나, 숙영을 하거나, 낙타 카라반을 하거나, 자동차로 주행하거나, 열차로 통과해 본 경험밖에는 없다. 그러니 아직까지는 내면의 고요한 사막도 만나지 못했고, 자신에게 도달하는 법도 터득하지 못했다.

그런 마당에 배인섭이 옮긴 아킬 모저의 『당신에게는 사막이 필요하다』(더숲, 2013)를 접했다. 간접 체험으로 읽으며 보니 『당신에게는 사막이 필요하다』는 평범한 여행기가 아니었다. 『당신에게는 사막이 필요하다』는 잃어버린 영혼의 존재를 일깨우는 수행서에 다름 아니었다.

영혼을 상실한 도시의 현대인이 원시의 사막을 건너며 본래의 영혼을 되찾는 장면 등에서 많은 감동이 일었고 공감이 되었다. 이는 수박 겉핥기식의 일반적인 여행기와는 질적으로 차원이 다른 차별화된 여행기였다. 여행이 아니라 처절한 고행으로 비쳐졌다. 지은이는 드디어 본질적인 내면과 조우하고 해탈의 경지에 이르렀다. 그제에서야 여행기도 저술하고 강연도 하는 모습이 보기에 좋았다.

강신주, 『강신주의 감정수업』

'이성과 야성', '이성과 감성', '정신과 감정' 등은 자주 듣는 대칭어이다. 이성적인 이야기는 대부분 정신적인 고뇌의 결과로 보이고, 감성적인 이야기는 기분에 따른 이야기로 들린다. 몸은 진솔한데 그 몸의 진솔한 작용인 '참'은 감춰지고 정신으로 가다듬어 포장한 그럴듯한 이성이 논리적으로 입에서 나오는 말들이 고상한 모습으로 세상에 범람한다. 어쩌다 감정이 그대로 표출되면 저급한 사람으로 매도되기 일쑤다.

지은이 강신주 박사는 스피노자를 내세워 감정을 논리적 이성으로 재구성하여 읽는이에게 다가왔다. 그 책이 바로 『강신주의 감정수업』(민음사, 2015)이다. 『강신주의 감정수업』은 48개의 감정 요소들을 철학자 스피노자의 개념 정의를 빌려 지은이 나름으로 어떤 감정 주제에 가장 잘 어울리는 문학작품을 텍스트로 선택하여 어떤 주제의 감정을 이해하기 쉽게 해설해 나간 책이다.

구성은 감정 주제명을 한 쪽, 스피노자의 감정 주제 개념을 축으로 적절한 작품을 선택해서 지은이가 감정의 외연으로부터 내면을 파고들어 정수에 이르거나, 혹은 그 반대로 엮어 외연을 넓혀간 일곱 쪽, 어떨 땐 이 범위 속에 감정 주제에 어울리는 삽화 한 컷을 싣기도 했다. 그리고 감정 주제 작품 지은이가 그런 책의 주제가 나올 수 있었던 시 · 공간의 배경 설명이 한 쪽, 끝으로 주제 감정에 대한 지은이의 어드바이스가 한 쪽이 되는 패턴으로 도합 열 쪽의 분량 48주제의 감정을 본론으로 다루었다. 아울러 책의 전체적인 이해를 돕기 위해 머리말, 프롤로그, 에필로그로 짜임새 있게 구성했다.

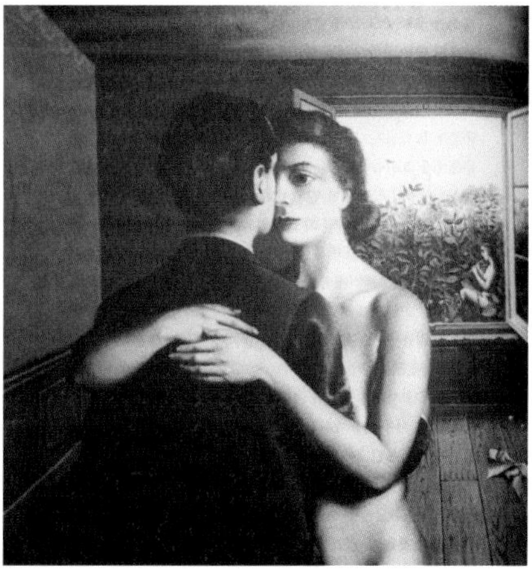

주제를 이루는 48편의 각론 감정 단위는 1부의 12편의 요소로 4부로 나누어져 있다. 1부 땅의 속삭임에는 '비루함', '자긍심', '경탄', '경쟁심', '야심', '사랑', '대담함', '탐욕', '반감', '박애', '연민', '회한'이다. 2부 물의 노래는 '당황', '경멸', '잔혹함', '욕망', '동경', '멸시', '절망', '음주욕', '과대평가' '호의', '환희', '영광'이다. 3부 불꽃처럼에서는 '감사', '겸손', '분노', '질투', '적의', '조롱', '욕정', '탐식', '두려움', '동정', '공손', '미움'이다. 끝으로 4부 바람의 흔적에서는 '후회', '끌림', '치욕', '겁', '확신', '희망', '오만', '소심함', '쾌감', '슬픔', '수치심', '복수심'으로 이뤄져 사실상 감정의 전 분야가 망라되어 있다.

주제를 돕는데 이미지 만큼 도움이 되는 것도 드물다. 이미지와 내용이 절묘하게 부합되어 때때로 감탄했다. 부록처럼 소설 리스트와 그림 리스트도 실렸는데 48편의 주제 감정을 일목요연하게 파악할 수 있어서 고마웠다. 지은이의 다른 책에서도 느꼈지만 독자들의 편의를 배려한 자상한 마음씨가 고맙다. 베스트셀러의 뒤에는 이렇게 세심한 지은이의 감성이 빛나고 있었던 것이다.

그러나 보는 이에 따라서는 옥에도 티는 있는 법이다. 티가 있기에 귀한 옥이 되었다. 순전히 주관적인 읽는이의 관점에서 본다면 『강신주의 감정수업』에서의 티는 주제의 구체적인 텍스트로 삼은 작품의 작가로서 한국인 소설가는 한 사람도 없었다는 점이다. 『강신주의 감정수업』의 지은이도 한국인이고 『강신주의 감정수업』 독자들도 대부분이 한국인일 터인데. 48명의 소설가 중에 한국인은 한 사람도 낄만한 소설가가 없었을까? 더욱이 일본인은 다섯 명씩이나 망라되어 있던데…. 그리고 '아니면 말고'식의 처방은 지은이는 편한 말인지 몰라도 읽는이가 듣기에는 편치 못했다. 그러나 다시 생각하니 역시 『강신주의 감정수업』 저자다운 감정 표현이었다.

하지만 이런 것은 지엽적인 문제이고 전체적으로는 가식으로 경색되어있는 위선의 세상에서 『강신주의 감정수업』은 한 줄기 단비로 느껴졌다. 다음 저술이 기다려진다.

윤고방, 『낙타와 모래꽃』

『낙타와 모래꽃』(문학의전당, 2012), 아하! 이런 것이 오리지널 시집이구나. 태평양 심해보다 깊은 성찰로 표면에 나타난 언어의 정수 모음이 『낙타와 모래꽃』이다.

곱고 부드러운 마음을 간직한 시인은 가족과 이웃 그리고 강아지와 들풀까지도 자신처럼 사랑하는 시인이다. 아름다운 마음이 표출된 것이 고귀한 인격을 드러내는 언어라면 언어 중의 핵은 시라는 생각이 든다. 한자의 '詩'가 그 의미를 잘 함축하고 있다고 생각된다.

시집이 아직 따끈따끈하다. 그 속에 천안함이 있다. 따끈따끈한 시집 속에. 지금 이렇게 천안함을 떠올려도 되나, 다시금 가슴이 아려온다. 미안하다. 천암함 용사들이여. 이렇게 님들을 잊지 못하는 이유를 시인은 절절하게 세상에 알려줬다.

낙타와 모래꽃을 대비하며 시인은 고통어린 날들을 보냈다. 드디어 해방됐다. 시인의 동굴 탈출일은 자유의 날이다. 그 날이 오기 전에 시인은 이미 고통의 마음에서 해탈하였다. 비운 그 마음이 얼마나

가벼울까?

시인의 아내 사랑은 남다르다. 그 각별함은 읽는이의 선망이다.

"나는 허리춤에서 숨 쉬고 있는 살점 한 덩어리를 떼어내
그녀의 몸 깊숙이 묻어 놓고는 하얀 병실을 닫고 나왔지."

어찌 깊디깊은 사랑의 심연을 이렇게 태평하게 읊을 수 있을까? 사랑의 힘이란 바로 이런 것이구나.

그러나 읽는이를 문명학의 권위자라고 주를 달고 '먼동'(필자 김정의를 가리킴)을 시상으로 드러낸 것은 분에 넘치는 칭송이다. 읽는이가 참말 그런 사람이라면 얼마나 좋으랴. 그렇다면 지금 죽어도 원이 없으련만, 사실은 그렇지 못하다. 그래서 어깨가 무거워지기만 한다. 그런데 선하고 진솔한 시인이 어쩌자고 읽는이를 이렇게 몸 둘 바를 모르게 한단 말인가?

시인이여, 윤고방 시인이여. 읽는이는 시인을 만나서 읽는이의 영혼을 살찌우게 되었음을 고백한다. 이는 무엇보다도 생의 커다란 축복이었다.

히가시노 게이고, 『라플라스의 마녀』

모든 책은 나름대로 저술의 의도가 있다. 일반적으로 그 의도에 공감하는 사람들이 그 지은이의 책을 사 보게 마련이다. 학생들은 주로 고전이나 참고서를 사 본다. 직장인들은 교양서적이나 시사 책, 내지는 자기계발서에 눈길이간다. 장년층은 경영서나 인간관계론을 살핀다. 그리고 노년층은 회고록이나 건강 책에 관심을 보인다. 그러나 세대와 관계없이 사 보는 책들도 있다. 그것은 소설책이나 자기의 전공서적이다.

사람들은 수없이 많고 언뜻 보기엔 평범한 사람들로 보인다. 그러나 한 사람 한 사람을 세세히 보면 하나같이 개성이 있고 취향이 다르다. 하나의 지구촌에 살지만 손금이 다르듯 똑같은 캐릭터는 존재하지 않는다. 두루뭉술하게 보일 수는 있어도 내면으로는 모두들 자기 생각들을 갖고 산다.

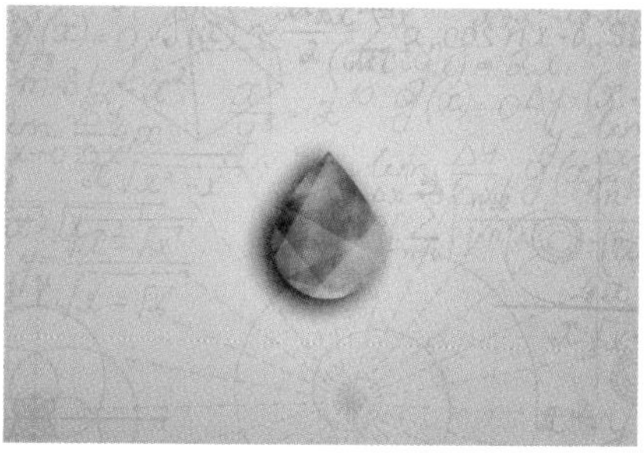

당연히 소설가들도 분야가 제각각이다. 문예소설, 탐정소설, 연애소설, SF소설, 추리소설 등등….

경우에 따라서는 전 분야에 걸쳐서 자유자재로 장르를 넘나들며 쓰는 전천후 소설가들도 있다. 그 소설가가 바로 히가시노 게이고이다. 그는 과학소설, 의학소설, 가족소설, SF소설, 심리소설, 연애소설 등을 펴내며 소설가로서의 위상을 높여왔다.

이번에 등단 30주년 기념으로 펴낸 『라플라스의 마녀』(현대문학, 2016)는 수리학, 물리학, 뇌 의학, SF, 가족사, 범죄, 사랑, 복수 등이 결합된 가히 집대성본 소설이다. 그저 놀라울 뿐이다. 그리고 지은이의 여러 전문 분야에 대한 해박한 지식에 혀가 차진다. 그것은 그가 얼마나 많은 책들을 읽고 소화시킨 내용들을 적재적소에 원용했는가가 보여지는 듯하였다.

상상력과 표현력 또한 뛰어났다. 문체는 간결하고 일목요연했다. 그의 글을 읽고 있으면 그 묘사력에 그때 그때의 장면들이 비디오처럼 전개되었다. 그리고 계속적으로 어떻게 전개될 것인가 하는 궁금증을 유발시켰다. 책을 잡고 있으면 다른 사안들은 손에 들어오질 않았다. 오직 독서에만 집중하도록 만드는 그 무엇이 있었다.

그 비결이 무엇일까? 그것은 바로 반전에 반전을 거듭하는 소설의 전체적인 구상과 캐릭터들의 매력, 그리고 독자를 사로잡는 마법의 문장력이 아닐까? 국경을 넘어 위대한 작가와 동시대에 살고 있다는 것이 참으로 행복하다는 느낌이 들었다. 아울러 이렇게 훌륭한 소설을 우리 글로 아름답게 옮겨준 양윤옥 님에게 감사하는 마음이 들었다.

윤종영, 『대한민국 U자 걷기 역사기행』

작년 4월 여러 신문을 통해서 대한민국 U 자 걷기 완주 기사를 보고 놀란 일이 있었다. 한사모 회원인 전 교육부 윤종영 편수관이 대한민국 U 자 걷기에 처음부터 끝까지 동참하고 완주기념으로 『대한민국 U자 걷기 역사기행』(혜안, 2014)을 단행본으로 간행하였다.

『대한민국 U자 걷기 역사기행』을 읽으며 놀라움을 금치 못했다. 저절로 고전 중의 고전인 조선시대 이중환의 『택리지』가 오버랩 되었고, 한동안 베스트셀러였던 유홍준의 『나의 문화유산 답사기』도 스쳐갔다. 이중환의 『택리지』는 인문지리지로서 높게 평가되는 책이다. 유홍준의 『나의 문화유산 답사기』는 문화유산에 대한 책이 희귀했던 시절에 미학적인 시각으로 일반 독자들을 열광시키기에 족한 답사기였다.

이번에 윤종영 편수관의 『대한민국 U자 걷기 역사기행』은 원래의 취지가 대한민국 U 자 걷기였다. 지은이는 해안을 따라 걸으며 문화유산에 남달리 관심을 갖고 역사기행문을 작성하였다. 대부분 직접 목격하고 글을 작성했지만 걷기에서 벗어난 곳의 유산들은 고증을 거쳐 기행문에 포함시켰기에 일반 기행문과는 달리 사료적인 가치가 느껴졌다.

더욱이 2부의 「역사 아웃사이더들과의 대화」는 매우 실감나는 새로운 장르의 기행문으로 역사기행문의 새로운 지평을 연 창의적인 선구로 보였다. 따라서 여기에 등장한 교산 허균, 삼봉 정도전, 원릉군 원균, 하곡 정제두는 비록 역사의 아웃사이더들이었지만 새롭게 평가되는 계기를 맞게 되었다는 생각마저 들었다.

원래의 계획대로 대한민국 U 자 걷기를 장장 5년 만에 드디어 완수하였다. 무리가 되겠지만 옵션이라 생각하고 우선 휴전선을 따라 남한의 북쪽도 걸어 대한민국 ㅁ 자 걷기까지 이어졌으면 더 좋겠다는 생각이 들었다. 나아가서 건강을 잘 다졌다가 통일이 되면 남한에서의 대한민국 U 자 걷기의 연장선상에서 북한 땅도 일주하게 되길 바란다. 마침내 남한에서 정동진, 정남진, 정서진을 모두 밟은 것에 이어서 북한에 있는 정북진도 밟게 되길 기원한다.

안영환, 『비극의 샘』

이 세상의 모든 사람들은 나름대로의 고통의 쓴 맛을 체험하며 산다. 세상이 하도 고통스러워 아예 고해(苦海)라고 부른 성인도 있다. 그러니 인생은 비극이라고 이야기해도 과언은 아닐 성싶다.

아마 에세이스트 안영환도 그래서 『비극의 샘』(수필과비평사, 2014)을 펴냈는지 모른다. 실제로 사람들은 예술, 운동, 학문, 경제도 힘들고 어려울 때, 편하고 행복할 때보다 훨씬 분발하는 경우를 본다. 그리고 나름대로의 성취를 하고 행복의 단맛을 보게 된다. 그 단맛은 애초에 행복하게 태어난 사람은 맛보기 어려운 행복감이라고 생각된다.

지은이는 어려서 인생의 고초를 겪었다. 세상에 일찍 육친을 여읜 것보다 더한 아픔은 없을 것이다. 주검과 고난에 대해서 많이 사색하고 깊게 생각하는 버릇도 그에 연유했으리라. 그렇기에 「소의 눈물」을 『비극의 샘』의 첫 꼭지로 삼은 것은 순리이다. 알고 보면 소의 눈물은 동병상련이었다.

지은이는 이웃의 고통, 나라의 고통, 인류의 고통, 생태계의 고통을 자기의 고통과 연관시켰다. 그리고 그 같은 고통이 존재하는 한 자기도 고통스러울 수밖에 없었다. 참으로 대승적이었다. 지은이는 인류사의 총합인 역사, 종교, 철학에서 답을 찾고자했다. 그리고 인류가 그토록 갈망하는 문명에 큰 관심을 보였다. 모든 게 고통의 해답을 찾기 위해서였다. 마다치 임레(Madách Imre, 1823~1864)의 『인간의 비극』(1860)에 심취한 것도 그래서였다.

지은이는 스위스 독일 헝가리 등에서 근무하며 견문을 넓혔다. 한국적인 성품을 근간으로 서구적인 다양성을 자기화 시킨 것이다. 어느덧 지은이는 경제인을 넘어 수필가를 넘어 경세가, 경륜가로 우뚝 선 것이다. 그러나 문학평론가 김우종의 글을 후미에 단 것을 보면 정작 지은이는 수필가가 되었다는 것에 자족하는 듯하다.

요컨대 『비극의 샘』에서 아름다운 사랑을 추출한 것은 지은이의 놀라운 통찰력이었다. 그리고 한 꼭지 한 꼭지가 사랑을 바탕으로 한 주옥같은 글이기에 『비극의 샘』은 시간이 갈수록 경세귀감으로 재평가될 것으로 보여진다.

줌파 라히리, 『저지대』

줌파 라히리의 작품인 『저지대』(마음산책, 2014)는 신생 인도의 한 가족 4대 70년간에 걸친 대하소설이다. 1년 5개월의 나이차를 가진 수바시·우다얀 형제와 그 아내였던 가우리를 주인공으로 그린 작품이다. 소설은 생명력을 갖추고 속도감있게 전개되었다. 인도 캘커타 저지대와 미국 동부지방이 소설의 주무대다. 등장인물들은 성격차가 심했다. 개성이 강한 인물들의 세세한 인물 탐구서 같은 느낌이 들었다.

인도에서의 삶과 미국에 이주해서의 삶이 교차되며 서술되었다. 형은 어려서부터 신중하고 책임감이 강했다. 그러나 동생은 외향적이고 정의감이 투철했다. 형은 미국으로 이주하여 공부를 계속하였다. 그러나 동생은 인도에서 운동권으로 활동하며 가우리와 결혼하였다. 불행히도 투쟁 중에 검거되어 총살되었다. 수바시는 임신 중에 졸지에 과부가 된 계수 가우리를 아내로 맞이하여 시집과 인도에서 탈출시켜 미국으로 데려갔다.

소설은 깊이가 있는 심리묘사의 걸작이었다. 수바시와 가우리는 환경 변화에 적응하는 심리 변화가 빨랐다. 특히 가우리의 심리변화는 수바시보다도 더 심했다. 새로운 남편 수바시가 딸 벨라와 인도에 다녀온 사이 집을 나갈 정도였다. 어쨌든 가우리는 교수가 되어 떠나갔으니 자아 성취를 한 셈이었다. 그러니 수바시는 혼자 조카 벨라를 친딸처럼 위장하여 양육시키는 처지가 되었다. 가우리가 사랑한 사람은 여전히 죽은 남편 우다얀이었다.

우여곡절이 많은 소설이다. 자국에서도 살기가 어려운데 타국에서 뿌리내리기가 쉬운 일일 수는 없었다. 그런데 수바시도 가우리도 미국에서 교수까지 되었으니 대견한 일이 아닐 수 없다. 그렇다고 자식까지도 내팽개치면서도 자신을 앞세운 것은 독자의 가슴을 먹먹하게 만들기에 족했다.

인도는 유구한 역사를 지닌 문명국가다. 그러나 영국의 식민 지배에서 벗어난 신생 인도는 어지러웠다. 특히 좌·우의 갈등이 극심하여 혼란상이 난무했다. 어쩜 신생 한국과 그리도 판박이인지…. 인도는 인도, 파키스탄, 방글라데시, 실론 등으로 분열되었고 한국은 남한과 북한으로 분단되는 비운을 맞았다. 그런 점에서 공감이 가는 면이 많았다. 아무튼 『저지대』는 근래 보기 드문 세계적인 수작이다. 소설을 보는 동안 많은 생각들이 스쳤다.

"과거는 흘러가버리는 것이 아니라 저지대에 남아있다."

정유정, 『종의 기원』

정유정의 소설에는 하나의 정형이 있다. 악인이 주인공이고 그의 사고와 행동은 집요하게 악하다는 사실이다. 그의 경직된 사고가 어떻게 악랄한지 개과천선이란 없다. 이제 어떤 변화가 있겠지 할 때는 벌써 더 독한 악을 태연하게 저지른다. 완전히 악에 중독되어 있다. 드디어 읽는이 마저 소설 속에서 더 지독한 행동이 나와도 자연스럽게 느끼게 되었다.

이번에 읽은 『종의 기원』(은행나무, 2016)은 지은이의 소설에서 또 하나의 튼튼한 악인의 징검다리를 구축하였다. 그 전의 소설에서보다 악인의 삶을 더 태연하게 연출하고 있었다. 그런데 그의 입장이 되어서 읽다가 보면 그렇게 될 수도 있겠구나하는 생각이 들었다. 선인(善人)도 악인(惡人)도 모두들 자기들 살 궁리는 한다. 특히 악인은 더 그러는 것 같았다.

왜 그럴까? 그것은 악인은 선인보다 삶의 집착이 더 강하기 때문으로 보였다. 살아남기 위해서 극한적인 상황에서도 적응이 뛰어났다. 어쩌면 병적으로 적응력이 강했다. 정신의학계에서는 이를 사이

코패스라고 부르기도 한다. 현실의 반영인 듯 소설 스토리텔링에서도 죄의식이 없었다. 도덕적 감수성을 비웃고 있었다. 그래서 천연덕스럽게 살인을 떡 먹듯 하고 있었다.

악인의 길이 생래적으로 그런 것 같지는 않았다. 주변 환경의 영향을 절대적으로 받고 있었다. 그 중에서도 부모와 형제와 같은 가족관계에서 악은 생겨나고 진화하는 것이 엿보였다. 가족관계에 따라서 누구는 선한 인생으로 진화하고 누구는 악인으로 진화한다는 이야기다. 그러니 부모나 형제는 나름 최선을 다한다고 생각하지만 대상자의 생각은 다를 수도 있다는 점에 문제가 노출되고 있었다.

아무튼 정유정의 소설 『종의 기원』은 악의 탄생과 악의 진화과정을 보여주는 FM 같은 교재로 비쳐졌다. 포스트모더니즘의 전형 같기도 했다. 모든 인간의 내면은 악의 성징(性徵)이 있다. 그 악이 어느 캐릭터는 표출되고 다른 캐릭터는 잠재되고 있을 뿐이다. 지금 인간은 팍스 아메리카나로 상징되는 포스트자본주의시대인(人)이다. 자본주의의 나쁜 점들이 인간 내면에 고스란히 깔려 있다는 말에 다름 아니다.

현실에서도 자본주의의 추악상이 난무하고 있다. 악을 저지르고도 악을 저질렀다고 생각조차 안하는 시대로 접어드는 전조가 도처에서 나타나고 있다. 이런 마당에 『종의 기원』은 악의 첨병으로써 철저하게 무장되어 있었다. 그 주인공이 유진이었다. 유진의 악의 합리화는 천재적인 발상의 연속이었다. 그는 적응의 귀재답게 끝내 살아남았다. 만약 지은이가 연작소설로 후편을 쓴다면 유진은 어떤 인물로 변신할까? 유진의 새로운 적응력이 공연히 기대된다.

김훈, 『내 젊은 날의 숲』

『내 젊은 날의 숲』(문학동네, 2010)은 딸 조연주가 소설의 주인공이다. 지은이 김훈은 조연주를 중심으로 소설을 전개 시키고 있다. 여기에 나오는 아버지 어머니 그리고 그밖의 인물들은 모두 타자다.

자식은 스스로가 누구의 자식으로 태어나고 싶어 태어나는 것은 아니다. 스스로 선택해서 태어날 수는 없다. 그냥 누구의 자식으로 태어나는 것이다. 그러니 은수저를 물 수도 있고 나무 수저를 물 수도 있다. 그건 전적으로 자식의 운명이다.

자식과 달리 부모는 자기의 신세를 알기에 좋은 여건이면 대물림 시키고 싶고 나쁜 여건이면 개선하고 싶은 것이 인지상정이다. 조연주의 아버지는 평범한 집안의 가장이다. 그래도 지방공무원 5급까지 올라간 입지전적인 성실한 인물이다. 그러나 가족을 위한다는 마음이 부정으로 이어져 교도소 신세가 된 몸이다.

그런 사람을 남편으로 둔 어머니나 딸은 받아들이기 버거웠다. 자꾸만 남편의 자리에서 아버지의 자리에서 밀어 내려는 심정이 들었다. 어머니는 종교생활에 귀의하고 딸은 직장생활에 몰두했다. 딸이 두 번째로 간 직장은 민통선 안 수목원에서 꽃의 세밀화를 그리는 계약직이었다.

그는 봄에서 초겨울까지 숲에서 나무 꽃 동물 그리고 군부대의 부탁으로 유해를 그리며 때로는 아이들의 미술을 지도하며 열심히 살았다. 특히 꽃의 세밀화를 그리기 위하여 많은 시간을 꽃 관찰로 보냈다. 그 과정 하나하나를 지은이는 그야말로 쟁. 쟁. 쟁. 잘도 묘사하였다.

많은 집중된 관찰과 숱한 사고의 여과과정을 거쳐야 나올 수 있는 말들이 누에의 실처럼 술술 풀려 탄생된 것이 이 소설로 보인다. 지은이는 가히 언어의 마술사요 연금술사다. 그리고 숲의 생리를 숲 전문가를 능가할 정도로 마스터하였다.

한편 지은이는 어머니와 딸을 통해서 수감된 죄인 아버지의 존재를 만신창이로 만든다. 이 시대의 시대상을 그대로 보여주고 싶었나 보다. 아니 대부분의 아내와 딸은 그렇지 않으리라고 생각한다. 그러나 소설 속의 어머니와 딸은 자기 존재의 근원을 애써 멀리한다. 세상의 아버지들이여, 아무리 가족을 위해서 부정을 저질렀다고 하지만 세상은 물론 가족도 외면한다는 것을 잊지 마시라.

주인공의 관찰에 의하면 식물은 부녀 관계에 연연하지 않는다. 그러나 인간은 연연한다. 여기에서 인간은 원초적인 근원적 문제를 품고 있는지도 모른다.

아무튼 소설은 흐르는 물처럼 때로는 우회하며 때로는 급류를 이루며 때로는 폭포수처럼 때로는 고인 물처럼 그때 그때에 어울리게 자연스럽고 깊이가 있으면서도 유려하게 전개되었다. 당연히 장편 소설이지만 손에 넣고 단숨에 읽었다. 모처럼 소설다운 소설을 넘어 식물관련 전문서적과 뒤틀린 현대판 가족관련 심리서적을 일석삼조로 한 권 읽은 기분이다.

정재찬, 『시를 잊은 그대에게』

아름다운 꽃을 피우기 싫어하는 꽃이 어디 있으랴. 그러나 식물들이 모두들 꽃을 피울 수 있는 것은 아니다. 인간도 영혼을 아름답게 꽃피우고 싶어 한다. 식물이 자기다움의 아름다운 결정체인 꽃을 피우 듯 사람도 아름다운 영혼을 소중히 지니면 시심(詩心)이 드러나기 마련이다. 그것이 시다. 알고 보면 꽃은 식물의 엑기스이고 시는 인간성의 엑기스인 셈이다.

인간은 본디 타고나면서 꽃처럼 아름다움을 추구하며 살고자 한다. 그것이 인간의 본성이다. 그런데 살기에 바쁘다 보니 인간성을 상실하는 경우가 비일비재하다. 그렇지만 사는데 쫓긴다고 모두들 시심을 잃는 것은 아니다. 시심을 간직하고 사는 사람들도 있다. 다행히 시심을 간직한 사람들은 참된 인간성을 지닐 수 있는 개연성이 높다. 이들이 바로 축복받은 사람들이다.

시심이 있는 사람은 아름답게 살 수 있는 바탕이 마련되어 있는 사람들이다. 시심 있는 사람들에게 춥고 배고프고 고난의 체험이 이어지면 그 난관을 뚫고 아름다운 노래가 누에고치가 풀리듯 명주실로 나온다. 그 명주실이 시다. 명시들을 보라. 하나같이 난관을 뚫고 탄생했다. 그들은 별을 노래했고, 꽃, 사랑, 인생, 눈, 자유 등을 노래했다.

윤동주 하면 별이 떠오른다. 김춘수 하면 꽃이, 유치환 하면 사랑이, 김유정 하면 인생이, 김광균 하면 눈이. 김지하 하면 자유가 떠오른다. 어떻게 살았기에 그렇게 되었는지를 우리는 알고 있다. 그들은 하나같이 악조건 속에서 그 악조건을 뚫고 지고지순한 아름다운 시를 탄생시켰다. 우리는 그 시들의 의미를 공감하며 사람답게 아름다움을 추구하는 삶의 이정표로 삼고 있다.

작금 자유주의가 팽배하면서 자본논리에 휩쓸려 시가 거처할 공간이 사라지고 있다. 당연히 세상은 삭막해지고 있다. 이를 우려한 정재찬 교수가 『시를 잊은 그대에게』(휴머니스트, 2015)를 펴냈다. 매우 시의적절하게 느껴졌다. 시를 비롯한 각종 예화들을 적재적소에 인용하여 시의 필요성을 절절하게 서술한 시심 넘치는 청춘 콘서트 류의 책이다. 공명이 크게 울린다.

프레드 제롬, 『아인슈타인 파일』

프레드 제롬(Fred Jerom)이 짓고, 김경신이 옮긴 『아인슈타인 파일』(이제이북스, 2003)은 두툼했다. 이를 어찌 볼 수 있나하는 생각이 들었다. 그래도 강한 호기심이 끌렸다. 이보다 더 한 성경도 읽었는데 못 볼 리 있겠는가? 책은 사왔고 책꽂이에 잘 모셔졌다. 어떤 때는 제목을 보는 것으로 만족해야했다. 드디어 3월이 되면서 사오기만 하고 안 읽은 많은 책들을 젖혀두고 『아인슈타인 파일』을 집어 들었다.

『아인슈타인 파일』의 활자는 작고 각주의 활자는 더 작았다. 그래도 논문을 정독하는 심정으로 읽어 나갔다. 호기심이 점점 더 커져갔다. 그리고 모처럼 책을 읽는 것 같기도 했다.

『아인슈타인 파일』은 많은 것을 일깨워줬다. 우선 아인슈타인(Albert Einstein, 1879~1955)은 그동안 밀레니엄적인 과학천재로만 인식해왔었는데 그것을 완전히 불식해줬다. 물론 아인슈타인은 세기를 넘어 밀레니엄적인 인물이다. 그가 스물여섯 살 때 발표한 $E=mc^2$의 상대성 이론 한 가지만 갖고도 과학계의 별로 떠오르기에 충분했다.

아인슈타인은 순수한 과학자를 넘어 자유, 평등, 박애를 모토로 인종주의 철폐, 군비감축, 전쟁억제, 전쟁무기 생산에 이용되는 과학 등을 반대한 평화주의자였다. 나아가서 그것을 실천하기 위해서 나치 치하에서는 물론 미국 이민 후에도 위험을 무릅쓰고 반체제 투쟁을 계속한 인물이었다. 그러나 패권 경쟁에 혈안이 된 나치 독일은 현상금을 걸었고 자유를 찾아 정착한 미국은 그를 간첩으로 옥죄려고 FBI 주도하에 일거수일투족을 정탐하였다. 드디어 1950년대가 되면서 후버와 매카시는 한 패가 되어 이른바 매카시 선풍을 일으켰다. 이때가 바로 한국전쟁 기간이기도 하였다. 미국은 멀쩡한 책들을 불온서적이라 지적하여 태워버렸다. 마치 진나라 때 분서갱유사건이나 나치 독일의 분서사건이 연상되었다. 그리고 많은 무고한 사람들이 투옥되었고 추방당하는 등 공포 분위기는 계속되었다. 그래도 아인슈타인은 공개적으로 사회적 약자를 옹호했다. 그렇지 않고는 그의 양심이 못 견뎠다.

후버는 더욱 혈안이 되어 나치 게슈타포의 전력자까지 기지부수로 동원하여 아인슈타인을 추적했지만 결정적인 근거 찾기에는 실패했다. 보통 사람이라면 청문회에 세우고 재판에 회부했겠지만 아인슈타인을 결정적인 증거도 없이 그렇게 하기에는 그의 지명도가 너무 높았다.

어쨌든 불우한 시대를 산 아인슈타인은 천수를 다했고 후버와의 승부는 가려지지 못했다. 그리고 아인슈타인은 우리가 최고로 아는 천재 과학자라는 성인으로만 둔갑되었다. 그는 핵을 제어하기 위해

서라도 패권 경쟁을 멈추고 하나의 세계정부가 나타나야 한다는 위대한 경세가였는데 말이다.

구종서, 『칭기스칸에 관한 모든 지식』

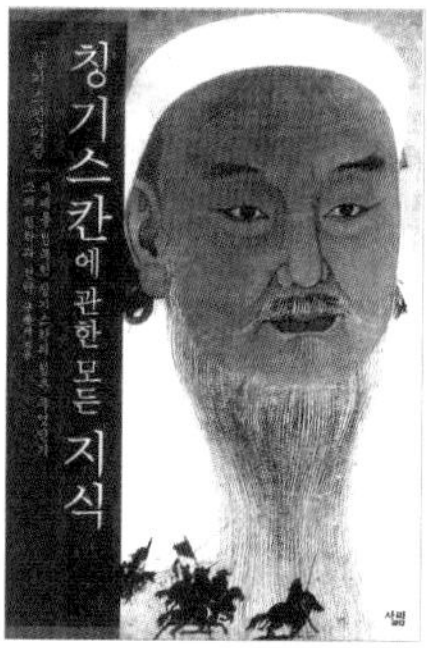

몽골인은 예로부터 유목민족이다. 유목민족은 목초를 따라 이동하는 생활을 한다. 따라서 그들의 생활영역은 광대하다. 그들은 생존을 위해 말과 친숙하게 지낸다. 유목민에게 승마는 필수이다. 말을 자유자재로 부리며 초원을 누빈다. 따라서 유목민족은 기마민족에 다름 아니다.

당연히 그들의 생활은 단순하지만 말타기에 관한한 최상의 기예를 자랑한다. 용맹과 기백이 하늘을 찌르는 무예 솜씨는 유사시가 되면 곧바로 누구도 당할 수 없는 일당백의 기병이 된다. 중세에는 그 중에서도 뛰어난 용사가 좌충우돌하며 영역을 넓혀갔다. 드디어 세계를 제패했다. 단사리(斷捨離)한 생존패턴으로 팍스 몽골리아를 이룬 것이다. 그가 칭기스칸이다.

한국인도 몽골인종이다. 몽골인과 같은 피가 주 유전자인 것이다. 그래서인지 칭기스칸에 관한 이야기는 친밀감이 간다. 언론인 구종서 박사는 칭기스칸의 열렬한 팬이다. 『칭기스칸에 관한 모든 지식』을 저술까지 했다. 그는 후반부 인생을 몽골에 대해서 올인 하고 있는 인상을 벌써부터 받아왔다. 『무인천하』, 『삼별초』, 『세계의 정복자 대칭기스칸』, 『항몽전쟁, 그 상세한 기록』 등의 대작을 연이어 발표하였다. 그리고 이번에 앞의 책들의 정수를 빼어내어 『칭기스칸에 관한 모든 지식』을 간추려 간행하였다.

이제 이 한 권이면 표제처럼 칭기스칸에 관한 모든 지식을 알 수 있게 되었다. 이 책을 읽어두면 인생을 살아가는데 유익한 책으로 작용할 것처럼 느껴진다. 특히 정치인, 무인, 경영인 등에 뜻을 둔 젊은 이들이라면 교과서적으로 읽어야 될 책이라고 생각된다.

그동안 칭기스칸에 대한 평가는 정복민족인 몽골 쪽에서는 영웅으로 숭배되어 왔지만 피정복지에서는 매우 부정적인 인물로 그려졌었다. 그러나 《워싱턴 포스트》 지는 칭기스칸을 지난 일천년 사에서 가장 위대한 세계 제1의 인물로 선정하였다. 이제야 비로소 칭기스칸이 제대로 객관적 평가를 받게 된 것 같다.

칭기스칸에 대한 지은이의 일관된 관심과 해박한 지식, 그리고 이를 체계화시키려는 의지는 타인의 추종을 불허했다. 그는 드디어 쉽고 평이하게 모든 독자들이 이해하기 쉽도록 정리하였다. 간결한 문체로. 드디어 『칭기스칸에 관한 모든 지식』이 완비된 책으로 출간되었다. 빛을 받으며 세상에 고전 한 권이 새롭게 사서(史書)에 추가된 느낌이 든다.

리처드 도킨스, 『이기적 유전자』

리처드 도킨스(Richard Dawkins)가 지은 『이기적 유전자』(을유문화사, 2010 개정판)는 출판된 지 30년이 넘었다. 그런데도 그 유명한 『이기적 유전자』를 이제서야 읽은 것은 답답한 일이다. 그동안 '이기적 유전자'에 대하여는 귀동냥으로 들은 어설픈 단편 지식들이 조금 있었을 뿐이었다. 그나마 지금이라도 읽고 이기적 유전자에 관하여 전문 지식에 접하게 된 것은 다행한 일이다. 그래도 그렇지, 내 몸이 세포로 이뤄져 있는데 그토록 무심했다는 것은 내 몸에 대해서도 예의가 아닌지 모르겠다. 물론 수많은 세포 하나하나에는 유전자가 들어있다. 읽는이는 물론 이 세상의 생명체라면 모두들 유전자 덩어리가 아니겠는가? 그러니 그 중요성은 말할 것도 없겠다.

모든 생명체들은 그 생명체들이 등장한 이래 자기의 소중한 유전자를 안전하게 다음 세대에 운송하기 위하여 유전자의 생존기계를 만들었다. 그것이 각각의 생명체들이다. 인간도 예외가 아니다. 그것도 그냥 운송하는 것이 아니라 때로는 돌연변이의 자연선택 등을 통하여 진화시키기도 하면서….

그 중에서도 유전자들은 생식 유전자 생산에 집중하였다. 이것이 자기 종의 번식에 긴요했기에 전력을 다하였다. 식물이 아름다운 꽃을 피우는 것이나, 동물이 좋은 짝을 만나려고 전력투구하는 것을 보면 알 일이다. 여하튼 병목현상을 통하여 기적적인 관문을 통과하고 단세포가 결합하여 세포 분열을 거듭함으로써 드디어 성체를 만들기에 이른다.

유전자는 자기복제를 거듭한다. 자기복제 프로그램을 다음 생에게 운송하는 것은 이기적인 생존기계의 몫이다. 운송된 프로그램은 매우 정교하여 복제된 프로그램대로 새로운 생명을 싹 틔우고 성장시키는 것이다. 오늘날 읽는이도 이 프로그램대로 눈, 심장, 두뇌 등 모든 기관을 포함한 몸이 이뤄진 것이다. EBS 프로그램대로 말이다. 그러니 선조들은 이미 운명했어도 복제된 프로그램대로 읽는이는 선조들과 똑같은 DNA를 지니고 살고 있는 것이다. 그리고 읽는이의 후손들도 읽는이와 같은 Gene을 갖고 살고 있는 것이다. 실로 생명체들은 이런 식으로 운송시켜 유전자를 영생시키는 것이다. 이를 누가 시킨다고 될 일인가? 유전자가 스스로 영생하기 위해 생존기계인 숙주도 만들고 나아가서 인간에게는 특별히 Meme도 만들었다.

유전자는 자기가 영생하기 위하여 이기적이다. 우리 눈에도 이기적인 것은 눈에 잘 띈다. 그런데 우리 눈에 이타적으로 보이는 행위조차도 유전자에게는 이기적인 것이다. 예컨대 같은 유전자를 가진 여러 형제가 절체절명의 위기를 맞는 경우가 있다고 하자. 이때 어떤 형제가 가족을 위해 기꺼이 희생을 자처했다면 이는 분명 이타행위일 것이다. 그런데 이 조차도 같은 유전자의 다수를 위한 일이 되었으니 유전자 입장에서는 이기적인 유전자라는 말이 성립될 것이다.

자기의 유전자를 지키기 위해서 생명체들은 수단방법을 안 가린다. 뻐꾸기를 보면 알 일이다. 남의 둥지에 알을 까놓고 양부모에게 맡긴다. 둥지에서 깬 뻐꾸기 새끼는 우선적으로 양부모로부터 먹이를 공급받는다. 어떻게 양부모는 자기 새끼가 아닌 줄도 모르고 자기 새끼를 젖혀두고 다른 종의 새끼에게 우선적으로 먹이를 먹인단 말인가? 그러나 어쩔 수 없다. 뻐꾸기 새끼의 마취에 양부모는 걸려든 것이다.

모든 생명체들은 자기 종이 살아갈 수 있는 노하우가 유전자 프로그램에 정교하게 설계되어 있다. 호랑이에게는 이빨이, 수리에게는 발톱이, 인간에게는 두뇌 등이 말이다. 모든 생명체에 '진(Gene)'은 다 있다. 인간에게는 여기에 더하여 두뇌를 발달시킴으로써 '밈(Meme)'을 갖게 했다. 이로부터 생명체 간에 불평등이 기원하고 바야흐로 인간만이 만물의 영장이 된 것은 아닐까?

임혜봉, 『종정열전』

인상 깊은 구절: 감인대(堪忍待)/견디고 참고 기다리자

『종정열전』(2010)은 도서출판 문화문고의 PR처럼 『해동고승전』과 『동사열전』에 이은 3대 고승열전 반열에 올려도 무난할 듯싶다. 우리시대의 실로 큰 역작 중의 역작임이 분명하다. 기대하건데 한국근현대불교사가 단편적으로만 정리가 되어 있을 뿐 총체적인 정리가 덜 된 시점에서 충실한 자료적 역할을 할 것으로 사료된다.

책은 틈틈이 생각하면서 읽었다. 그래서 어느 책보다 읽기에 시간이 걸렸다. 얼마 전 법정 스님의 입적도 있고 해서 사회분위기가 불교분위기로 흘렀기에 『종정열전』을 읽기에는 적절한 기간이었다. 더욱이 일제강점시대부터 현재의 불교사가 어떨 때는 정사로 또 어떨 때는 야사로 녹아들어가 있기에 읽기가 흥미 있었다.

책 중간 중간에 사진 자료를 많이 삽입한 것은 인상적이었다. 때로는 글보다 사진 한 장이 갖는 이미지가 『종정열전』을 이해하는데 보탬이 되었다. 자칫 딱딱하기 쉬운 책을 부드럽게 만들어 주어 내용이해에 도움이 되었다. 깊이읽기 자료도 불교사 내지는 불교사상을 이해하는 데 도움이 되었다. 불교 용어를 친절히 설명해 준 것도 불교문화 전반에 관한 이해를 높여 주는 데에 도움이 되었다.

무엇보다도 감동적인 것은 종정들의 오도송 및 열반송 등의 깨달음이었다. 감히 중생들이 범접 못할 치열한 삶의 궤적에서 보여준 행각들에서 읽는이는 뜨끔한 일깨움에 순간들을 맛보았다.

지은이 임혜봉 스님을 비롯하여 기획 및 편집을 맡아준 김종만 사장 그리고 표제를 써준 윤고방 선생 등이 계셨기에 훌륭한 책이 출간됐다고 생각한다.

아이작 아시모프, 『아이작 아시모프의 과학 에세이』

양서(良書)는 독자를 몰입시키며 지적 호기심을 충족시켜준다. 읽는이의 경우는 늘 보는 전공서적보다 새로운 천지에 대하여 개안(開眼)시키는 비전공서적에서 마음을 휘어 잡히는 경우가 요즘 들어 부쩍 늘어났다. 전공서적은 눈여겨 읽지만 비전공서적은 부담이 없고 읽은 후에도 개운하다. 모르는 세상을 새롭게 알게 되었기에 뿌듯하기까지 하다.

『아이작 아시모프의 과학 에세이』(아름다운날, 2007)는 과학 상식이 부족한 상태인 읽는이에게 딱 맞는 책이었다. 처음에는 여기저기를 펴보며 이 꼭지 저 꼭지를 읽어 보았다. 그러다가 흥미가 생겨 아예 처음부터 쭉 훑어가며 책장을 넘겼다. 그러다 보니 이색적인 책 한 권을 후딱 다 봤다. 신기한 생각이 들 정도로 마음이 가벼워졌다.

지은이에게는 60꼭지가 하나같이 다 흥미로웠다. 다시 처음부터 전공을 새롭게 선택하라고 하면 과학 중에서 선택을 정하고 싶은 충동마저 일었다. 이제 전공을 바꿀 수는 없다. 그러나 취미나 상식 보완으로라도 과학에 좀 더 관심을 갖고픈 생각이 들었다. 그만큼 『아이작 아시모프의 과학 에세이』는 읽는이에게 큰 감동을 안겼다.

『아이작 아시모프의 과학 에세이』는 과학서적임에도 불구하고 매우 이해하기 쉽고 설득력 있게 서술되었다. 책은 이처럼 어려운 내용을 쉽게 풀어 쓴 책이 좋은 책이 아닐까? 그리고 기상천외의 과학 이야기들을 들려주기에 숱한 호기심들이 술술 풀어져 뇌리에 박혔다. 읽으면서도 쉴 새 없이 경탄하며 알게 되는 즐거움에 기쁨을 금치 못했다.

소득이라면 천체(天體)에 대하여 깊은 관심이 움트기 시작하였다. 하늘을 보고 싶다. 그것도 고향에서 모깃불을 펴고 밤하늘을 보듯 별자리를 보고 싶다. 세상은 넓고 할 일은 많다는데, 하늘을 보며 별들과 속삭이는 복락을 누리고 싶다. 어딘가에서 별자리를 보며 중얼거리고 있는 내 모습이 떠오른다. 오늘 따라 멀리 이집트 백사막에서 본 이국의 은하수(銀河水)가 떠오른다.

전홍석, 『문명 담론을 말하다』

한국인은 요즘 바야흐로 '문명' 담론 홍수 속에서 살고 있다. 하루에도 몇 차례씩 '문명'이라는 용어를 듣거나 이야기하는 경우가 많아졌다. '문명'이라는 단어를 듣거나 이야기해도 지금은 아무렇지도 않지만 사실 이렇게 자주 '문명'이라는 용어가 일상어가 되었다는 것은 행복한 일이다.

우리나라는 5천년 역사를 자랑했지만 막상 '문명'국가라는 말을 입에 담기에는 무언가 2퍼센트 부족한 느낌이었다. 그래서 문명국가라는 말은 차마 입에 담지 못했다. 대신 문화국가라는 말을 즐겨 사용했다. 그러던 중 1990년대를 전후해서 우리에게도 자신감이 붙었다. 그것은 아마도 산업화가 성취되고 민주화가 달성되고 시장경제화가 일반화되는 것과 궤를 같이했다고 생각된다. 그때부터 '문명' 담론이 학계에서부터 봇물이 터지며 흘러나왔다. 하지만 처음 들을 때는 물론 어색했다. 그러나 자주 듣게 되니 이제는 둔감하다. 그렇다하더라도 '문명'이라는 용어를 쓰고는 있지만 그 정확한 개념은 아리송했다. 그래서 '문명' 담론은 아무래도 철학자들이 관심을 갖고 풀어줬으면 좋겠다라고 벌써부터 생각해 왔다. 그런 마당에 이심전심인지 전홍석 교수가 『문명 담론을 말하다』(푸른역사, 2012)라는 표제로 현대 '문명학' 정립을 위한 시론서를 펴냈다. 반가운 일이다.

물론 이 책에는 여러 각도에서 '문화'와 '문명'에 관한 개념 정의를 다양한 서술로 반복해서 시도했다. 그때마다 그 개념들을 집중해서 소화시키려 애썼다. 실례를 든다면 지은이의 추론에서 '문화'는 '문명'보다는 작은 하위 개념으로 문화가 성숙되면 상위의 좀 더 큰 개념인 문명이 진보한다는 정의로 읽는이는 받아 들였다. 그렇다면 '문명'은 겉으로 보기에 최상 단위의 문화인 셈이다.

지은이에 따르면 신자유주의가 팽배하면서 '문명'에는 후쿠야마가 주장하는 서구 중심적 단선 문명과 헌팅턴이 말하는 서구와 대결구도에 있는 복선 문명을 심도 있게 소개했다. 전자가 '역사 종말론'을 말했고, 후자는 '문명충돌론'을 주창하였다. 그 밖에 사이드가 '타자론' 정수일이 '교류론'을, 박이문이 '포스트과학기술문명론'을, 뮐러가 '공존론'을, 황태연이 '패치워크문명론'을, 뚜웨이밍이 '대화론'을, 리프킨이 '공존론'을 갈파하였다. 그런데 지은이는 '생태 문명론'에 무게 중심을 둔 것으로 보였다.

어느 누가 역사나 문명의 중심을 자기 나라 외에 타 문명에 두고 싶으랴. 그러니 패권 국가들이 예외 없이 자국이 문명의 중심이라는 쇼비니즘에 빠져 있는 것이 이해는 갔다. 그렇다고 그들의 주장에 동의할 수는 없었다. 이에 비해 패권국가에서 소외된 나라들은 자기들도 보편적인 문명 진보에 한몫했다는 사실을 증명하기에 바빴다.

유대교도들은 자기들의 종교를 유대교라고 부른다. 타종교를 믿는 사람들을 유대교에 빗대어 이교도라고 부르면서…. 그리스인들은 그리스 문명을 일군 자기들을 헬라인이라고 불렀다. 타민족은 이방인이라고 구분해서 불렀다. 중국인들은 황하문명을 일군 자기들을 화족(華族)이라고 불렀다. 주변의 민족들을 이족(夷族)이라고 부르면서…. 중국은 지금 다시 케케묵은 중화민족주의를 읊조리고 있다.

서구 중심이던, 기독교 중심이던, 중화 중심이던 염려되는 바가 크다. 종교시대를 넘어, 철학시대를 넘어, 과학시대를 넘어 바야흐로 문명의 절정기인 예술의 시대로 접어들고 있는 마당에 문명 단위들이 전 시대적인 패권 망상에 휩싸인다면 인류에 이보다 불행한 일은 없을 것이다. 패권국이던 개발도상국이던 인류가 마음을 열고 생태문명을 지향한다면 모든 주체적인 문명과 더불어 생명의 소중함이 드러날 것이다.

동등한 입장의 네트워크 사회에서 서로가 상대방의 문화를 존중하며 행복을 추구한다면 그 게 바로 문명 상태가 아닐까? 그때 비로소 인류는 생기에 찬 각자의 문명을 구가하며 진정한 삶의 행복감을 만끽할 것으로 이 책은 메시지를 보내고 있었다.

한병철, 『투명사회』

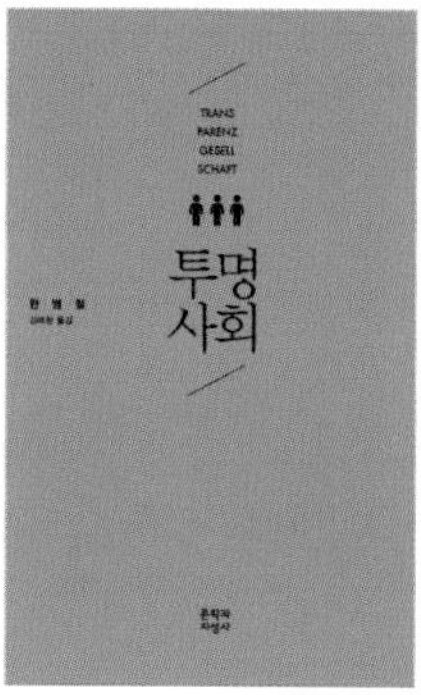

읽는이는 한병철 교수가 짓고 김태환 교수가 옮긴 『피로사회』(문학과지성사, 2012)를 읽고 지적 충족감을 느꼈던 일이 있었다. 그때 이미 지은이의 후작인 『투명사회』(문학과지성사, 2014)도 읽을 생각이 들었다. 드디어 오늘 그 『투명사회』를 정독했다. 『투명사회』도 『피로사회』처럼 간결하고 명료한 필체로 서술되었다. 여기에 읽는이는 전작인 『피로사회』를 익혔기에 『투명사회』를 이해하는데 많은 도움이 되었다.

『피로사회』에서는 현사회의 트렌드가 성과사회이고 성과사회에 부응하여 모두들 '나는 할 수 있다'는 정신으로 무장하여 스스로 자아성취를 위하여 열심히들 일하는 분위기가 형성되었음을 지적하였었다. 누가 시켜서 한 일이 아니고 스스로 자유의지에 의해서 한 일이었다. 그렇다고 피로가 쌓이는 것을 피할 수는 없었다.

이런 사회분위기 속에서 정보통신 분야의 발전은 비약적이었다. 이로 인하여 인류는 부정성 사회를 탈피하고 그토록 인류가 원하던 대망의 투명사회 시대를 맞이하기에 이르렀다. 모두들 바라던 인류의 개가였다. 그러나 지은이는 투명사회의 등장에 대하여 세세히 문제점을 제기하였다. 모두가 모두를 감시하는 시대가 도래했다는 것이다. 모두가 빅브라더이고 모두가 수감자라는 것이다. 이렇게 된 것이 바로 벤덤 파놉티콘의 디지털 완성이라는 것이다. 참으로 섬뜩한 진단이었다.

읽는이는 지은이가 포스트모던사회를 깊이 통찰하고 현 사회를 '투명사회'라고 명명한 의도에 대하여 공감한다. 그리고 근대철학의 본고장인 독일에 거주하며 펴낸 지은이의 역작 『투명사회』를 읽으며 마치 최치원이 성당(盛唐) 시절 당나라에 거주할 때 「토황소격문」을 발표한 것 만큼이나 통쾌감을 느꼈다.

재레드 다이아몬드, 『총, 균, 쇠』

『성경』이나 『불경』 『경서』 『경전』 『사기』 등의 책은 하루에 많은 분량을 읽지 못했다. 재레드 다이아몬드 교수의 『총, 균, 쇠』(문학사상사, 2013 개정판)도 그랬다. 751쪽의 방대한 분량을 소화하는데 많은 날을 요했다. 그러나 근래에 읽었던 어느 책보다 호기심을 자극받았고 많은 지식을 충족할 수 있었던 책이다. 번역서인데도 한국인이 저술한 책처럼 문장이 유려하고 설득력이 있어서 이해에 도움이 되었다.

『총, 균, 쇠』는 퓰리처상을 받을 정도로 세계적으로 잘 알려져 있는 명저이다. 인류 역사와 문명 분석에 흥미로운 관점이 수없이 제시되어 있었기에 문명에 관심이 많은 읽는이로서는 모처럼 좋은 책을 만난 셈이었다.

13,000년에 걸친 인류 역사의 기원을 밝힌 것은 경이롭게 느껴졌다. 그리고 문명의 주도권을 잡게 되는 목축화 작물화가 왜 '비옥한 초승달' 지역에서 출발했고 이어서 목축화 작물화 전파과정을 유라시아 대륙과 다른 대륙을 비교한 것은 그야말로 탁견(卓見)으로 비쳐

졌다.

그것은 유라시아대륙은 문명 축이 같은 위도의 횡선이었고 아프리카 대륙과 아메리카 대륙은 위도가 다른 경선으로 전파되었기 때문에 유라시아 대륙은 비슷한 조건의 공간으로 전파되었고 다른 대륙은 난관이 많은 대륙으로 전파되기에 불가능했거나 시간이 더뎠다는 것이다.

특히 뉴기니에서는 실제로 오랫동안 체험을 하며 그곳의 실정을 파악했다는 것은 현장감에서도 괄목할만한 현상이었다. 그리고 '인간 사회는 왜 서로 다른 운명을 지니게 되었는가?'라는 질문에 현장체험과 다른 연구 분야의 정보들을 능숙하게 활용함으로써, 각 사회가 출발선상에서 지니게 된 우위와 지역적 조건 등을 통해 인류 역사 과정을 설명하고 있는 것이 인상적이었다. 결과적으로 출발 당시의 우위가 대부분 지금까지도 유지되고 있다는 것을 발견한 것이다.

근대에 중국이 잠시 주춤했었지만 오늘날 미국과 중국의 양대국이 세계 선도국가로 부상된 것도 지은이의 선견을 뒷받침하는 사례라고 생각된다. 중국은 15세기에는 첨단을 달렸던 나라였다. 그러나 통일국가였기에 해외 선단 중지명령이 지켜졌고 유럽은 분열국가였기에 1492년의 콜럼버스 미주탐험이 가능했다는 것이다. 그것이 새로운 세기의 운명 갈림길이라는 것이다.

일본 문명의 건설에는 일본으로 건너간 한국인에 의해서 이뤄졌다는 것을 밝힌 것도 읽는이로서는 관심을 끄는 부분이었다. 다만 일본이 세계 최초로 토기를 제작했다는 것은 갸우뚱해진다. 그것은 지은이가 지적한 오키나와는 지금이나 일본이지 토기 제작 시에는 결코 일본이 아니었기 때문이다.

한국의 한글을 세계에서 가장 뛰어난 창조적인 문자라고 칭송해준 것은 고맙게 생각한다. 이를 통해 왜 우리나라가 지금 세계적으로 비약적 발전을 거듭하는지를 알 수 있게 해준 지적으로 생각된다.

지은이의 견해에 의하면 선사시대로부터 인류의 이동은 계속되었는데 그 때마다 우세한 이점을 가진 집단이 열세한 족속들을 밀어내며 계속적으로 어느 공간의 주인공이 되었다는 것이다. 그것이 농경사회 이후에는 총, 균, 쇠를 위시한 문자, 정부조직 등이 그 역할을 했다는 것이다.

모르면 당한다. 약하면 당한다. 멸종될 수도 있다. 실제로 인류역사에서는 사라진 족속이 기지부수인 것이다. 우리가 지금 존속하고 있다는 자체가 기적이 아닐 수 없다. 모르면 배워야 한다. 배우면 알게 되고 아는 것이 바로 힘이 되는 것이다. 무지하면 서러운 것이다. 이 험한 세상에서는 아는 것이 생존의 힘인 것이다. 그리고 그것이 진리이자 정의로 자리 잡아 가는 것이다. 유레카!

도진순 편, 『백범어록』

도진순 교수가 엮고 보탠 김구 지음의 『백범어록』(돌베개, 2007)을 읽었다. 자료로서의 '백범어록'은 지난날 공부를 하면서 많이 뒤져 보았다. 그리고 여러 차례 인용하기도 했었다. 따라서 이번에 『백범어록』 단행본을 순서대로 읽는 데에도 낯설지가 않았다.

『백범어록』의 글들은 한 편 한 편 엮은이가 전문적인 지식을 동원해서 해설 및 요약을 하고 백범이 손수 쓴 글들도 이해하기 쉽게 현대문으로 뜻을 살려 윤문하였다. 그런 덕분에 난해한 옛 어투와 문구였던 『백범어록』을 현대인에게도 이해할 수 있게끔 하는데 큰 도움이 되었다.

백범은 이미 『백범일지』에서 우리들의 심금을 울리신 분이다. 그 『백범일지』를 읽을 때 일제하 대한민국임시정부를 이끌고 중국대륙을 떠돌며 벌인 그의 독립항쟁을 직접 체험하는 듯 그 의기가 몸으로 전이되었었다. 그러나 『백범일지』에는 광복 후 조국으로 돌아온 다음의 일지는 빠져 있었다.

빠진 부분이 채워진 것이 바로 『백범어록』이다. 그러나 『백범어록』

은 그동안 『백범일지』처럼 읽혀질 수가 없었다. 그 연유는 분단사를 극복하려는 통일독립투쟁사였기에 남 · 북 양 정부에서 모두 백범을 기피하는 시대 분위기에서 찾을 수 있겠다.

다행히 해빙기를 타고 분단사를 재조명하는 시대 분위기에 힘입어 백범 김구 선생의 일제하에서의 대한 독립투쟁에 이어 환국 후 분단에 대한 백범의 통일독립투쟁도 재조명하기에 이르렀다. 따라서 이제 서야 전후 맥락이 온전하게 드러나게 된 셈이다.

『백범어록』에서는 통일 독립에 대한 그의 일편단심의 심중과 사상을 읽을 수 있었다. 그의 사상은 그의 필치처럼 웅혼하고 막힌 데가 없었고 포용력이 있었다. 한 예의 일화를 든다면 1992년 대선 때 대선 후보들이 정주영 후보만 빼고 모두 존경하는 인물로 백범 김구 선생을 거명했던 일이 있었다. 그만큼 한국인의 전폭적인 사랑을 받고 있는 분이 백범 김구 선생이신 것이다.

『백범어록』의 행적을 통하여 다시금 왜 국민적인 존경을 받고 있냐를 확인하게 되었다. 아울러 『백범어록』을 통하여 백범 김구 선생을 있는 그대로 올곧게 드러낸 엮은이의 식견과 필력 그리고 역사학자로서 불타는 사명감에 존경을 표한다.

설혜심, 『역사, 어떻게 볼 것인가』

역사는 두 말할 것도 없이 인간에 관한 기록이다. 그러나 그 동안 그 본질을 짚지 못하고 이른바 정치사에 매달렸다. 주인인 대다수의 인간은 주변으로 밀려나고….

그 동안 임금이나 지배층의 이데올로기를 창출하는 주력 수단으로 역사가 기능했던 것이다. 정치사가 마치 역사의 전부인양 정치사를 역사라는 이름하에 저술했고 또 학습했던 것이다. 이른바 대문자 역사에 순응시켰던 것이다. 그러니 역사가 얼마나 따분하고 재미없었겠는가?

『역사, 어떻게 볼 것인가』(도서출판 길, 2011)의 지은이 설혜심 교수는 이를 과감히 탈피하고 주변으로 밀려나 있던 인간의 삶을 구석구석 찾아 빛을 비춰야 한다고 주장했다. 이는 우리 모두가 역사적 인물이라는 것을 각인시킨 작업처럼 보였다.

인간 각자가 역사의 주인공이라고 생각할 때 역사는 유익하고 재미있는 책으로 탈바꿈되게 마련이다. 그렇다. 소문자의 역사는 대문자 역사에 비해 재미있다. 그것은 우리의 역사니까….

첫 장을 읽으며 지은이의 내심을 간파하고 읽어나가니 어느 책보다 재밌는 것이 역시 역사책이구나 하는 생각이 문득문득 들었다. 그러고 보니 근래에 유행하는 사극 드라마나 사극 영화들이 어느 드라마나 영화보다 재밌는 것도 그 주제가 우리들과 직결될 수 있는 스토리였기에 그렇구나하는 생각에 미쳤다.

책의 부제인 마녀사냥에서 트위터까지는 이 책의 저술 의도를 잘 표현하고 있다. 그 동안 정사에서 소외됐던 마녀사냥이나 여성사나 낚시사 등을 주류사로 끌어 올린 것이다. 뿐만 아니라 SNS를 훌륭한 역사 소재로 활용할 수 있을 것으로 예측한 것은 탁견이 아닐 수 없다. 자잘한 우리들의 일상사가 훌륭한 역사가 될 수 있다니 경이로운 발상이 아니겠는가?

역사상의 자료는 모두 씨앗과 같은 것이다. 그 동안 정치사 씨앗만 계속 확대재생산했지만 앞으로는 미세하고 다양한 씨앗들도 만천하에 확대 재생산되는 시대가 온 것이다. 드디어 역사는 백화난만한 시대가 다가오고 있는 것이다. 아니 이미 시작한 것이다.

오늘날 세계적인 트렌드는 이미 지구지향이자 지방지향이다. 경제면에서도 극과 극의 거시경제와 미시경제가 조화를 이루고 있다. 역사 또한 여기서 예외일 수 없다. 거대한 트렌드에 발맞춰 거시사와 미시사가 함께 빛을 보기 시작한 것이다. 거대한 숲과 개개의 나무가 함께 중요성을 드러낸 것이다. 하나하나의 나무가 울창한 숲을 이뤘다는 사실을 확인한 것이다. 그러니 인간 한 명 한 명은 네트워크를 이루며 하나하나의 나무처럼 주인공이 될 수 있다는 DNA를 담고 있는 것이다. 나무 하나하나가 하나의 우주니까….

그런 점에서 우리 땅에서 미시사 실험을 이미 시작하고 또 성과도 올리고 있는 지은이는 새로운 역사 지평에 혁신의 선두로 나섰다고 생각된다. 젊은 분이니 앞으로의 기대는 더 크다.

마이클 샌델, 『정의란 무엇인가』

마이클 샌델(MICHAEL. SANDEL)이 짓고, 김선욱이 감수하고 김명철이 옮긴『정의란 무엇인가』(와이즈베리, 2014 개정판)를 읽었다. 이 책은 2010년 이래 우리나라에서 계속적으로 선풍을 일으키고 있었던 스테디셀러다. 그 사이에 무려 200만 부를 돌파하였다고 전해지고 있다. 우리나라에서 왜 이토록 센세이션을 일으키고 있을까? 그 점이 궁금해서 늦었지만 올해가 가기 전에 읽는이도『정의란 무엇인가』를 손에 잡았다.

책은 두툼했다. 그런데도 처음부터 호기심을 충족시켰고 긴장감을 유지시켰다. 홈런을 치고 있는 이유도 곧 알아차렸다. 특히 젊은이들이 열광하고 있는 이유도 곧 깨우쳤다. 그것은 한국사회의 곳곳에 만연하고 있는 불공정 분위기를 푸는 데 유효한 실마리들이『정의란 무엇인가』에 있다고 입소문이 났기에 그렇게 되었을 것이라고 생각되었다.

사실 마이클 샌델의『정의란 무엇인가』는 한국과 한국인을 위해서 집필된 책은 아니다. 미국과 미국인을 위하여 저술되고 출판된 것이다. 그렇기에 대부분의 내용도 미국인의 예화를 동원하여 미국적인 사고로 저술되었다. 그런데 어느 덧 미국적인 저술이 한국적인 저술처럼 친근하게 다가왔다. 아전인수이겠지만 그것은 성노예를 다뤄준 것이 한 요인이 아닐까? 그렇다고 해도 이 책은 특수한 책이 아니고 보편적인 책이다.

책은 정치철학 전문서적이었지만 예문이 풍부하고 적절한 비유로 어려운 내용을 이해하기 쉽게 저술하였다. 난해한 강의가 졸강이고 이해하기 쉬운 강의가 명강이듯이 책도 난해하게 쓴 책은 졸저이고 어려운 내용을 이해하기 쉽게 쓰여진 책이 명저가 아닐까하는 생각도 스쳤다. 그러니 마이클 샌델은 가히 명불허전의 세계적인 교수라는 사실도 확인된 셈이다.

'의란 무엇인가'의 요지를 간이직절(簡易直截)하게 정의한 것도 가슴에 와 닿았다. 즉, '정의란 미덕을 키우고 공동선을 고찰하는 것'이라고 답하고 있었다. 그렇다고 읽는이로서는 이 점을 곧바로 공감하는 것은 아니다. 앞으로 화두처럼 생각하고 공동선에 대하여 곱씹으며 음미하고자 한다. 아무튼 정의란 무엇인가에 관하여 배운 바가 많았다. 덧붙이고 싶은 것은 이 책은 그냥 원문 번역만으로도 고맙게 생각됐는데 후미에 해설을 첨가했고, 그것도 부족하다고 생각했는지 별쇄본으로 두 분의 해설을 또 첨부했다. 왜 그런지 독자에 대한 과잉 배려로 보여 졌다. 이런 것도 시대상의 반영인가? 마치 독자들을 마마보이로 여기는 세태 속에 우리는 살고 있구나 하는 생각이 스쳐 뒷맛이 씁쓸했다.

김형석, 『백년을 살아보니』

김형석 교수는 바야흐로 온 국민의 인생 멘토가 되었다. 아흔 살이 넘어서 저술한 『예수』, 『어떻게 믿을 것인가』가 국민적인 호응을 얻었다. 그것은 서점에 가보면 금방 알 수 있다. 물론 구입해서 찬찬히 읽었다. 생존자체가 힘든 연세에 저술 활동을 하다니…. 그것도 잔잔한 감동을 얻을 수 있는 알찬 내용이기에 입에서 나오는 말은 감탄사의 연발이었다.

그런데 이번에는 『백년을 살아보니』(덴스토리, 2016)라는 산문집을 출간했다. 말이 산문집이지 김형석 교수의 인생론이 배어난 부드러운 인생 지침서였다. 드디어 또 한 분 본받고 싶은 지혜로운 멘토를 만난 듯 기뻤다. 그리고 이런 글들을 젊어서 보았으면 아마도 읽는이의 인생은 지금과 다르게 전개되었을 것이란 생각이 스쳤다.

김수환 추기경의 "사랑이 머리에서 가슴으로 내려오는 데 70년이 걸렸다"는 말을 듣고 느낀 바가 있었다. 그런데 김형석 교수는 "사랑이 있는 고생이 행복이었다는 사실을 깨닫는 데 아흔 살이 넘었다"고 고백하였다. 귀담아 들을 진리로 여겨졌다. 이것 하나만 갖고도 김형석 교수는 국민적인 인생 멘토로 부상하는데 부족함이 없어 보였다. 이것 하나, 그 하나가 사랑 아닌가?

김형석 교수의 사랑은 예수가 새로운 계명으로 준 '너희는 서로 사랑하라'에 가 닿는 바로 그 사랑이라고 생각되었다. 예수에게 직결된 사랑을 깨닫는데 아흔 살이 넘었다고 실토한 것이다. 예수의 말씀을 몸소 깨쳤으니 김형석 교수는 누구보다도 행복한 사람이다.

『백년을 살아보니』는 할아버지가 미래에 대하여 호기심 많은 손주에게 조근 조근 쉬운 예화들을 섞어가며 들려주는 이야기로 들렸다. 김형석 교수에게 손주뻘인 오늘의 젊은이들이 이 책을 읽는다면 축복이 있을 것으로 예견된다. 눈이 번쩍 떠질 것이다. 자기만을 위한 삶에서 이웃을 섬기는 삶으로 인간애 넘치는 행복한 날들이 그들에게 필경 기다리고 있을 것이다.

김형석 교수가 아직도 현역으로 살고 있는 세대에 함께 살고 있다는 것이 잔잔한 행복감으로 다가왔다. 이런 면에서 읽는이도 행운아다. 살아있는 날로 허락된 날까지 고생이 있는 사랑을 기꺼이 실천하리다. 그보다 행복한 삶이 이 세상에 어디에 있으랴.

프랑스 영화, '미라클 벨리에'

한 폭의 그림 같은 영상이 계속적으로 이어진다. 아름다운 선율이 멈출 줄을 모른다. 따뜻한 인간미가 끊임없이 흐른다. 세상에 그런 영화도 있을까? 대답은 '있다'이다. 베로니크 플랭 원작 『나에게 말하지 않는 말들』을 모티프로 영화화한 '미라클 벨리에'가 바로 그러한 작품이다. '미라클 벨리에'는 성장통 영화이다. 가족영화이다. 음악영화이다. 휴먼영화이다. 코믹영화이다. 이 처럼 많은 소재가 교집된 영화가 바로 '미라클 벨리에'다.

세상에는 작품이 될 수 있는 소재들이 수도 없이 많다. 그렇다고 그 많은 소재들이 모두 작품이 되는 것은 아니다. 작품 중에서도 이

른바 명작의 반열에 오르는 것은 더군다나 아니다. 명작이 될 수 있는 작품들은 그야말로 신품이다. 그 명작들 중 불후의 신품 작가에게는 경의를 표하듯 역사에 기록한다. 그에 걸맞게 우리는 언제든 걸작에는 매료되는 습성이 있다. 그러니 명품으로 치장한 사람들을 뭐라 할 수 있으랴.

더욱이 불우한 환경에서 샛별로 치솟을 때 모두가 탄성을 터뜨리며 저절로 축하해 주게 마련이다. 그것이 동서고금의 인지상정이다. 우리는 흔히 장애를 가진 분들의 고통을 알지 못한다. 알 수가 없다. 오직 장애를 가진 분들만 그 고통을 안다. 장애는 그것이 어느 장애이든 참혹하다. 우리는 단지 간접 경험으로만 이해한다. 참된 이해는 직접 체험에서만 가능하다. 그 고통을 겪으며 우뚝 선 분들을 어찌 칭송하지 않을손가?

다만 정상인들이 장애인들의 고통을 아는 양 왈가왈부하는 것은 아차하면 장애인들에게 모독이 될 수도 있다. 장애인의 심정은 예수님이나 알까? 정상인들은 죽었다 다시 깨어나도 모른다. 지체장애인, 언어장애인, 청각장애인, 시각장애인, 정신장애인들의 불편은 말로 다 형언할 수 없다. 그러한 장애인이 될 확률은 문명화가 가속되면서 증가 속도도 빨라지는 추세이다. 우리들은 누구든지 언제든 장애인이 될 수 있는 환경 속에서 오늘도 살고 있는 셈이다.

프랑스는 영화다운 작품성 있는 영화들을 많이 제작하는 나라이다. 영화 '미라클 벨리에'도 프랑스 영화이다. 한국에서는 미국 영화에 치어서 프랑스 영화가 개봉되는 것은 흔한 일이 아니다. 그러나 어쩌다 상영되는 것을 보면 대체로 많은 생각을 하게 만든다. 프랑스 영화 속에 등장하는 미장센들은 또 얼마나 세심한가? 오늘은 아무리 자주 봐도 볼수록 아름다운 에펠탑까지 봤다. 즐거운 일이다. 샹송이 얼마나 아름다운 미색인가도 다시금 느꼈다. 그러나 듣기나 할 뿐 흉내를 내려니 혀가 말을 안 듣는다.

어쨌든 주인공 폴라 벨리에(루안 에머라)는 천운아다. 부모님과 동생 모두 청각장애인 환경에서 혼자만 말을 할 줄 알고 뛰어난 음악적 재능까지 갖고 태어났으니…. 그러나 그 재능을 알아보고 키운 음악교사를 만나지 않았어도 가능할까? 아마 대답은 '아니올시다.'일 것이다. 그래서 선생님의 역할이 인생의 갈림길이 될 수도 있는 것이다. 그것은 남다른 축복이었다. 그래서 인생은 살아 볼만한 묘미가 있나 보다. 폴라 벨리에의 성공은 가족 모두의 성공이라고 볼 수 있다. 나아가서 장애인 모두에게 희망을 심어 준 쾌거였다. 그리고 비장애인에게도 감동을 주었다. 어여쁜 폴라 베리에게 힘찬 박수를 보낸다.

독일 영화, '나의 산티아고'

태어나서 죽을 때까지 길을 걷는다. 그 시간과 공간은 얼마나 될까? 각자 다를 것이다. 다른 사람과 비슷한 길을 걷는 사람들조차도 내면으로는 전혀 다르지 않을까? 그러니 그렇지 않은 사람들과의 차이는 엄청 클 것이다. 그것이 인생길이다.

사람들은 어려서는 주로 노는 데에 시간을 소모한다. 청 · 소년기에는 공부하는 데 주로 시간을 할애한다. 그러나 중 · 장년기에는 주로 일에 치어서 시간을 보낸다. 어느 날 불쑥 어느 시기에나 이 세 가지를 엇비슷한 시간량으로 활용하면 어떨까하는 생각이 들었다.

놀기에만 흥미를 갖는 사람은 공부나 일하는 것에는 둔하다. 공부에 열심인 사람은 노는 것이나 일하는 것은 소질이 없다. 어쩔 수없이 일하는 것에 목숨을 건 사람은 시간이 남아돌아도 노는 것이나 공부하는 데에는 취미가 없다. 그러니 어려서부터 놀기, 공부, 일을 골고루 하던 사람은 어느 경우를 만나도 무난하게 보람을 느끼며 살게 되지 않을까?

일반 사람들은 레저는 부유한 사람들의 사치품으로 치부한다. 그건 맞는 말일 수도 있다. 그냥 살기도 빠듯한데 어떻게 레저를 즐길

수 있을까? 그렇다고 시간이 남아 도는 사람이라고 레저를 생활화할 수 있을까? 그것도 쉬운 일은 아닐 것이다. 더군다나 생활인이 장기간에 걸친 걷기에 나선다면 그건 확실히 생활의 일탈로 간주될 터이다.

관람자도 걷기가 좋아서 단기간 걷는 일은 거의 정기적으로 행했다. 산책길을 걷는 것은 일상이었다. 주말이면 주변 산의 산행 길을 걸었다. 휴가를 얻으면 좀 긴 코스를 잡았다. 그래서 지리산이나 설악산 혹은 후지산을 종주했다. 그때 좀 더 시간을 얻을 수 있다면 백두대간 종주 길을 걷는 꿈을 꿨다. 그것은 아직도 꿈으로만 남아 있다.

스페인 여행 시 '산티아고 순례길'을 아무 정보도 없이 극히 일부분을 걸은 일이 있다. 일본 여행 시에는 역시 아무 정보도 없이 '시코쿠 순례길'의 짧은 구간을 걸은 일도 있다. 그 후 그 순례길을 걸은 사람들의 체험담을 들으며 개략적인 정보만으로도 부러움을 느꼈다. 그러나 아직까지도 그 순례길을 걷지는 못했다. 이제는 물 건너 간 꿈이 된 것 같아 아쉬움만 남아 있다.

그런데 오늘 영화 '나의 산티아고'에서 하페 케르켈(데비드 스트리에소브), 스텔라(마르테니 게덱), 레나(카롤리네 슈허)와 함께 산티아고 순례길을 함께 걸었다. 물론 간접 체험이지만 직접 체험자에게 들을 때보다도 더 실감이 났다. 아무래도 영화 '나의 산티아고'를 관람한 것을 꿈의 실행으로 대체해야 될까 보다.

영화 '와일드'를 보면서도 같은 생각을 했었다. 무엇이던 자기가 하고 싶은 일이라 하더라도 실행해야 될 때가 있다. 때를 놓치고 그래도 하고 싶다고 훗날 단행하면 무리가 따른다. 특히 아무리 정신력이 건강해도 육체적인 어려움이 심각히 뒤따를 때가 더욱 그러하다. 어차피 인생은 하고 싶다고 모든 것을 할 수 있는 것은 아니다. 관람자가 못했다고 합리화하는 자위일까?

영화 '나의 산티아고'는 이제까지 살아온 인생길을 짚어보게 만들었다. 그러나 비록 산티아고 순례길이나 시코쿠 순례길, 혹은 대한민국 둘레길을 완주하지는 못했지만 그래도 다른 길에서 나름대로 인생의 자아나 신의 존재를 접하며 살았다면 그것만으로도 축복받은 감사한 삶이 아닐까?

한국영화, '지슬'

'지슬'은 한국현대사의 아픔이 녹아있는 다큐멘터리 같은 영화다. 제주양민 학살의 비극을 다룬 영화로 제주도민의 마음을 이해하는데 도움이 되었다. 영화는 1948년 11월 해안 5킬로미터 밖의 주민은 5킬로미터 내로 내려오라는 하산령으로부터 시작된다. 사정을 잘 모르는 문맹의 주민들은 두려움에 사로잡혀 동굴을 향해 숨어든다. 그리고 며칠만 숨어있다 두고 온 집으로 돌아가면 될 줄로 안이하게 생각한다.

주민들은 동굴에 숨어서 사는 동안 지슬(감자)을 먹으며 일상생활의 자잘한 이야기들을 주고받는다. 집에 두고 온 돼지가 굶어 죽을까 걱정, 발이 불편하셔서 못 모시고 오신 어머니는 어떻게 지내시나 하

는 걱정, 순덕이는 어떻게 됐나하는 걱정 등등. 마을의 군인들도 무고한 양민을 어떻게 죽일 수 있나 하는 고민, 빨갱이라면 치를 떠는 서북군인의 증오심, 폭도들을 못 잡아 온다고 병사에게 밥도 안 주는 횡포한 상관 등등….

그러나 인간사와 달리 환경은 너무나 아름답다. 특히 설경雪景은 끝내 준다. 또한 제주도 방언이 그냥 나오기에 언어의 정감이 간다. 대충 이해가 될 뿐 빨리 이해가 안 가는 구어라 자막을 따로 다는 방화다. 신기하다. 한국 영화에 자막을 달다니. 그러나 관중의 이해를 돕기 위해서는 그럴 수밖에 없는 영화다.

세월이 많이 흘렀다. 벌써 65년이 흘렀다. 그러나 망자와 그 유족들의 억울함이 해원(解寃)된 것은 아니다. 그러기에 학살당한 분 한 분 한 분의 신위를 달래는 종말 신(장면)들은 숭고하기까지 했다. 이 영화를 통해 영화의 의도대로 무고한 혼령들의 신원이 이뤄지길 빈다.

프랑스 영화, '러브 인 프로방스'

부모 자식 관계가 원만한 집안은 행복한 집안이다. 대체로 성장과정에서 부모-자녀 관계는 틀어지는 경우가 다반사다. 이런 경우는 사춘기나 혼기일 때 극렬하게 나타난다. 영화 '러브 인 프로방스'에서도 딸 아이린(안나 갈리에나)은 부모의 반대를 무릅쓰고 갈등 끝에 결혼하였다. 아이린은 아버지와 인연을 끊었다. 그리고 남편과 살며 레아(클로에 주아네), 아드리안(휴고 데시우), 테오(루카스 펠리)의 삼남매를 낳아 키웠다. 17년이 되던 해 남편과 이혼하였다.

어찌하랴. 그해 여름방학 동안 삼남매를 부모님이 살고 계신 프로방스로 보냈다. 17년간 아무 연락 없다가 불쑥 삼남매를 부모님께 맡

긴 것이다. 그러니 부모-자녀 관계가 냉랭한데 조손(祖孫) 관계가 따뜻해질 수 있을까? 세 손주가 오는 날부터 프로방스의 할머니·할아버지 집안에는 냉기류가 흘렀다. 특히 삼남매의 성장무대는 파리다. 이른바 파리지안인 것이다. 컴퓨터, 모바일에 길들여진 파리지안과 올리브 농사에 익숙해진 시골 할머니·할아버지와의 관계는 매사가 불통이었다.

그래도 할머니는 좀 나은 편이었다. 파리지안 삼남매는 신세대로 성장 무대가 파리다. 막내는 언어장애를 가져서 순진무구한 천사 같지만 위의 두 남매는 사춘기 청소년이라 반항적인 기질이 농후하다. 냉랭한 가족 분위기 속에서도 프로방스의 분위기는 자유분방하고 드높은 기상이 숨 쉬고 여유로웠다. 며칠이 멀다하고 마을에는 축제가 열렸다. 이럴 때면 청춘남녀의 속성은 이성에게 눈길이 가고 자연스럽게 이성친구나 연인 혹은 애인에게 마음들이 쏠렸다.

프로방스는 파리지엔들에게도 사랑에 눈을 뜨게 한 것이다. 할아버지는 딸에게 일찍이 뜨거운 맛을 보았었기에 손녀의 낯 뜨거운 위험한 사랑에 직접 개입하였다. 사랑이란 반대하는 사람이 있으면 더 불타오르는 속성이 있지 않은가? 더욱이 자기가 존경하는 분도 아니고 이질적인 분의 반대를 어느 손녀가 고분고분 따르겠는가?

그래도 손녀가 마약 흡입으로 위기를 맞았을 때 할아버지가 자기를 구해 줬었기에 할아버지에게 마음을 열게 된 것이다. 자기를 위한 진정한 관심은 통했던 것이다. 한편 막내의 역할은 아무리 냉혈한이라도 마음이 안 움직일 수 없는 마력을 갖고 있었다. 그런 경우 자식

보다 손주가 더 예쁘다는 말이 현실화 되는 것이리라….

테오는 방학이 지나며 삼남매를 데리러 온 엄마의 마음마저 녹이게 만들었다. 아버지가 마음 속 깊이 원하던 가족관계를 회복시킬 수 있는 촉매제가 된 것이다. 프로방스는 그런 현상이 가능한 지방이었다. 특히 할아버지의 올리브 농장이 금상을 받았고, 젊은 날 오토바이족으로 세계를 누빈 일화들이 손주들에게 알려지면서 조부모의 일대기를 이해하게 되는 장면이나 올드 팝 OST는 관람자마저 마음을 움직이게 만들었다.

그렇다. 지금은 육신이 삭아가지만 조부모에게도 청춘은 있었다. 청소년들도 앞으로 해내기 어려운 멋진 인생 말이다. 그런 사실을 알게 되니 저절로 고집덩어리로 보였던 완고한 할아버지가 따뜻한 육친으로 다가 오고 존경스럽게 느껴졌다. 애시 당초 언제 장벽이 있었냐 하는 의문이 들 정도로…. 결과적으로 참 따뜻한 영화였다.

한국 영화, '설국열차'

빅뱅으로 지금도 우주는 커지고 있다. 지구의 빙하기에 대비해서 윌포드는 설국열차를 만들었고 각종 계층의 여객을 승차시켰다. 마치 노아의 방주처럼…. 그러나 맨 꼬리 칸은 최하위 계층들에게 무임승차를 시켰다. 그곳은 아비규환의 지옥 칸이었다.

꼬리 칸 사람들은 온갖 학대 속에 연명하였다. 18년째 꼬리 칸의 고난을 감내한 승객들은 인내심이 무너졌다. 그들은 커티스의 반란을 따르면서 한 칸 한 칸 앞으로 전진하였다. 그들은 열차 설계자 남궁민수를 한 패로 끌어내 앞 칸의 문을 열고 전진하고 또 한 칸을 열고 전진할 수 있었다.

그 사이에 벌어지는 반역층과 기득권층의 대결이 박진감을 더했다. 때로는 설국열차의 총리가 나와 현재의 계층 칸들의 당위성을 설득하려고 무마하기도 했다. 총리의 뜻에 반역하는 경우 손을 자르기도 했다. 피도 눈물도 없는 집행이었다.

열차 칸은 앞으로 갈수록 호화판이다. 쾌적한 칸에는 바도 있고 교실도 있다. 모두들 윌포드를 절대자로 알고 신성시하는 칸들이다. 그 칸들을 무사통과할 때도 있고 싸움이 벌어질 때도 있었다. 때로는 교실이 폭력현장으로 돌변할 때도 있었다.

열차의 엔진이 자동으로 안 될 때는 꼬리 칸에서 어린이를 차출해서 수동으로 엔진작동에 투입하기도 했다. 커티스가 드디어 맨 앞 칸까지 진출해서 윌포드와 만나 극적으로 수장자리를 물려받고 엔진의 어린이를 구하지만 어린이는 반응이 없고 다시 엔진으로 스스로 가서 엔진을 작동하는 장면은 마음을 짠하게도 했다.

그러는 사이 남궁민수는 커티스와 앞 칸을 한 칸 한 칸 열면서 가는 데 동조했지만 궁극적인 목적은 달랐다. 커티스는 윌포드를 만나 결판내는 것이었지만 남궁민수는 외부로 나가는 문을 여는 것이었다. 그는 드디어 밖으로 나가는 문을 열 수 있는 장치를 하고 열차로 출발할 때 태어난 요나와 공모하여 설국열차를 폭파시키는데 성공한다.

지금은 삼복 무더위의 계절이다. 극장은 추웠고 영상은 눈으로 덮여서 추위를 배가 시켰다. 히말라야를 연상하는 듯 아름답기까지 했다. 탈출한 요나와 어린이는 눈 위에 남겨졌다. 그리고 설산의 곰이 빙하기 세상의 주인공으로서 탈출한 두 사람을 바라봤다. 이제 이들의 운명은 추위와 곰의 처분에 달렸다.

영화 속에서는 이 세상이 가상의 빙하기였다. 그 빙하기가 미래의 어느 시점에 실제로 올 것이다. 인간은 여기에 대비해야 될 것이다. 봉준호 감독은 그 예광탄을 쏘아 올렸다. 생각을 많이 하게 하는 영화였다. 폭염의 입추 무더위에 피서 한 번 잘 했다. 대박이다.

미국 영화, '헤이츠'

모든 사물에는 비밀이 있다. 비밀은 비밀이다. 그러나 그 비밀을 누구에게는 보여주고, 누구에게는 안 보여준다. 자기에게 관심을 갖는 정도에 따라서 비밀은 정체를 밝힌다. 그렇다 하더라도 완벽하게 비밀을 해독하기란 지난한 일이다. 친근도에 따라서 비밀은 어느 정도 공유되기도 한다. 그러나 모든 비밀이 공유되는 것은 아니다.

영화 '헤이츠'는 아리송한 비밀 이야기다. 비밀이 밝혀질 듯 밝혀질 듯하면서 미심쩍게 밝혀진다. 그랬었구나, 그래서 라이언이 저렇게 살고 있구나 했는데 사실은 그 게 아니기도 했다. 그래서 끝까지 지켜보았다. 다 보고나니 전체적인 윤곽이 그려졌다. 소소하게 반전하는 미묘한 스릴러 영화다. 복중에 무지 더운데 영화 '헤이츠'는 어느 정도 납량에 도움이 되었다.

이혼한 의사 엄마 사라(엘리자베스 슈)와 여고생 딸 엘리사(제니퍼 로렌스) 모녀는 숲속으로 이사왔다. 경치는 끝내줬다. 그러나 이웃이 십년 전 잔혹하게 부모를 살해한 빈집이었다. 집은 좋았지만 소문이 뒤숭숭해서 싼값에 이사 왔다. 한밤중 3시경에 엄마가 보니 빈집에 등불이 켜졌다. 빈집이 아닌 집이다. 어느 날 엘리사가 귀가하다 우연히 차를 얻어 탔다. 그 차가 바로 빈집에 살고 있는 대학생 아들 라

이언(맥스 티에리옷)이었다.

라이언에게서 그간의 자초지종을 들은 엘리사는 점차 호감을 갖기 시작하였다. 엄마는 그것이 못마땅하여 둘을 갈라놓으려고 시도했다. 그러나 정은 더 깊어졌다. 사랑의 법칙 1조에 해당되었다. 라이언은 어려서 그네를 타다가 동생이 떨어 질까봐 잡으려했는데 그만 떨어져서 뇌손상을 당했다고 했다. 천연덕스러운 비밀의 말이 라이언에게는 연민의 정을 불러왔다. 비밀 공유 후광의 법칙이었다.

사실 동생은 그날 죽었다. 라이언은 동생을 잃은 죄책감에 내내 시달렸다. 부모 역시 잃은 딸로 인해 상심이 컸다. 그럴수록 라이언의 심정은 갈피를 못 잡았다. 드디어 부모를 살해하였다. 이중인격자로 변신한 것이다. 외면으로는 착한 사람으로 보였으나 내면은 냉혈한의 괴물이 되었다. 그는 동생과 살고픈 집착으로 동생 또래를 납치하여 지하에 감금하고 동생으로 생각하며 살았다. 대리형성(substitution)

의 제물로 삼은 것이다. 그러나 그것이 어찌 온전하게 지탱될 것인가? 사물에는 비밀이 있다고 자기의 의중을 엘리사에게 터놓은 것도 다 복선이 있는 말이었다. 그러나 세상에 비밀은 없었다.

라이언은 현재 감금하고 있는 동생 대역을 죽이고 엘리사를 새로운 동생 대역으로 삼으려 했다가 그만 세상에 들통 난 것이다. 꼬리가 길면 밟히는 법이다. 스스로 제 무덤을 판 격이었다. 라이언은 자기에게 도움을 주었던 경찰까지도 죄의식 없이 무참히 죽일 수 있는 양의 탈을 쓴 살인마였다. 그 출발은 친동생이 자기로 인하여 죽게 되었다는 죄책감과 동생을 싸고 돈 부모였지만 그 끝은 애꿎은 사람들을 살육하는 자기 인생의 파멸이었다.

미국 영화, '마션'

인류는 지구상에 등장 이래 모험을 즐기며 여기까지 진화하였다. 먹이를 찾아서 혹은 삶터를 찾아서 지구를 탐험하였다. 바야흐로 지구 곳곳을 탐험하는데 성공하였고 탐험에 성공한 곳곳에 정착하였다. 아프리카에서 출발한 인류는 5대양 6대주를 모두 인간의 무대로 석권하는데 성공하였다. 참 대단한 조상들이었다. 아문젠, 콜럼버스 등 탐험가들은 대표적인 모험가들이라고 볼 수 있겠다.

모험을 동반한 탐험은 여기서 멈추지 않았다. 이제는 지구를 뛰어넘어 달나라, 태양계로 방향을 돌렸다. 아울러 은하계에도 도전할 의사를 분명히 보였다. 지금까지의 추세로 보아 인간의 탐험 한계는 끝이 없어 보인다. 앞으로도 계속될 것이다. 앞으로 선진 외계문명을 만나 교류하거나 전쟁을 할 것이다. 적어도 우주공간에는 50개 정도의 선진문명이 존재하는 것으로 과학자들은 추상하고 있으니까….

그러나 지난날의 지구에서의 탐험은 대단한 족적이었지만 지금처럼 인류의 관심과 탄성을 자아냈던 것은 아니다. 그 때는 통신망이 지금 같지 않았다. 지금은 탐험이 생중계되기에 지난날과는 달리 더 대단한 것으로 비쳐진다. 그것은 TV나 모바일 등의 통신 몫이 매우 크기 때문이다. 그것도 부족하여 오늘 본 SF영화 '마션'처럼 탐험의

과정을 영화화하고 있는 것도 우주탐험 관심에 큰 역할을 하고 있는 것으로 보여진다.

주지하다시피 우주탐험은 미국이 주도하고 있다. 상응하여 SF 영화도 미국이 선도하고 있다. 미국이 그냥 선진국이 아닌 것이다. 미국은 우주 탐험에 우뚝 선 선진국인 것이다. 그 옛날 파밀 고원을 차지하는 나라가 세계를 제패한다는 말이 한동안 떠돌았다. 그러나 탐험시대가 되자 대양을 제패하는 나라가 세계를 제패한다는 말이 공공연한 정설이 되었다. 지금은 우주 탐험을 선도하는 나라가 세계를 제패하고 있는 것으로 보여 진다. NASA나 구글의 위력을 보면 알 수 있는 일이다.

미국은 왜 그래비티, 인터스텔라, 마션 등 SF 영화 제작에 관심을 갖는가? 꼭 상업주의 팽배 때문일까? 그것만 같지는 않다…. 아무튼 좋다. 우리는 우리의 미래나 과학 식견을 넓히는데 일견 도움을 얻었고, 영화 자체가 재미가 있고 호기심을 충족시키니 일석 몇 조는 된다. 러닝타임 142분이면 꽤 긴 영화이건만 짧은 영화로 느껴질 정도로 집중력을 요했다. 이 얼마나 좋은 현상의 영화인가가 웅변되는 듯하다.

영화 '마션'은 건조한 SF 영화로 알았다. 그런데 막상 보니 따뜻한 인간미가 넘쳤다. 타인을 배려하고 자기의 목숨을 걸고 동료 구출에 흔쾌히 나선다. NASA의 구출 프로젝트는 물론 중국마저 정치 논리로 구출작전에 참여하는 것이 아니고 과학 논리로 구출 작전을 결정하는 것을 보고 비록 영화이지만 한 수 배웠다.

화성에 홀로 남겨진 마크 와트니(맷 데이먼)는 또 어떤가? 보통 사람들은 멘붕 상태가 되기가 십상이었겠지만 그는 태연하게 살아서 지구로 돌아갈 궁리를 했다. 식물학자 출신을 내세워 화성에서 감자 재배에 성공하기도 한다. 절박하게 살고 싶었기에, 또 목숨을 걸고 구출작전 하는 먼저 떠난 동료들이 있었기에 마치 줄탁동기 작전을 벌리는 듯 남은 자와 떠난 자가 협력하여 드디어 지구별로 돌아올 수 있는 꿈을 이뤄냈다.

프랑스 영화, '어느 하녀의 일기'

영화의 시제나 공간은 영화마다 다르다. 늘 같은 세기나 배경보다는 다른 시대나 공간의 영화를 보는 것이 호기심이 더 자극된다. 영화 '어느 하녀의 일기'는 19세기 프랑스의 프로방스 지방이 무대다. 프로방스 지방은 프랑스는 물론 세계적으로도 이름난 지방이다. 영화 속의 인물들은 과거 속의 인물들이다. 다만 현대인이 과거의 인물들처럼 분장하고 과거인인 척 능청맞게 연기들을 하고 있다.

영화를 통하여 19세기말 프로방스 지방의 일상이, 하녀 셀레스틴(레아 세이두)의 시선을 통하여 일기 형태의 영상으로 나타나고 있다. 진솔감 있게…. 일종의 타임머신 같은 감이 든다. 레아 세이두는 '가장 따듯한 색, 블루'에 출연해서 성가를 높였었다. 영화를 보면 그녀가 하녀인 줄 알지만 사실 황금종려상에 빛나는 여우(女優)다.

셀레스틴은 이름만 하녀로 도도하고 기지 넘치고 특히 의상미가 화사한 처녀다. 대상이 주인 나리든, 마님이든, 이웃이든, 같은 하녀든, 마부든 할 말은 당당하게 다 하는 하녀다. 사실 상대역들보다도 더 명성이 넘치지 않는가? 그러니 주인집 손주와도 마부와도 스스럼없이 사랑을 나누기도 한다. 싫증이 나면 다른 집으로 옮겨 가기도

한다. 어찌 보면 부평초 인생 같기도 하다.

하여튼 돈 주고도 구경 못할 저택들을 돈을 받아가면서 상류사회의 영화를 누리기도 한다. 뼛속에 밴 노예근성의 대가다. 세상은 어떤 삶이 이상적인 삶인지 아무도 모른다. 단지 본인 스스로가 생각하기에 달렸다. 어느 직업인들 쉬운 직업이 있으랴. 돈 벌기는 어느 시대 어느 나라나 녹록치 않았다. 그래도 하녀 셀레스틴은 주인마저 조정하며 실속을 챙기니 주인보다도 우위에 있지 않은가? 아마 주인역보다 개런티도 더 받았을 것이다. 그러나 누가 실제의 하녀든 혹은 하녀역이든 하녀를 하고 싶어 하겠는가? 인간 각자의 희망과 달리 운명은 마님도 만들고 하녀도 만든다. 그걸 반전시키는 것이 때때로 나타나기도 한다. 그럴 때 기적이라는 생각도 든다. 신의 은총이라고도 한다. 관객들은 그 맛에 드라마를 보기도 한다. 세상은 온통 시작도 과정도 끝도 종횡무진 좌충우돌하는 요지경이다. 틀에 맞출 생각 말고 영화를 통해서나마 마음을 가다듬어 보면 어떻겠는가?

한국 영화, '귀향'

'귀향'은
실화를 바탕으로 한
씻을 수 없는 처연한 영화다.

무엇이 소녀들을 지옥으로 보냈나
20만 명의 소녀들이 끌려갔고,
238명만이 돌아왔다
그리고 이제,
46명만이 남아있다

언니야 일어나라 이제 집에 가자

아리랑 아리랑 아라리여
아리랑 고개를 넘어 간다
나를 버리고 가시는 님은
십리도 못가서 발병난다

일본에게 사과를 받을 필요가 있는가를 고민시킨 영화다. 일본은 이미 사과할 기회를 놓쳤다고 생각되었다. 아니 사과를 받을 가치조차 없지 않을까? 일상에서는 허구한 날 '스미마셍'을 읊조리는 저들이건만….

작품성이 뛰어난 수작의 영화다. 아차하면 삼천포로 빠질 식상한 내용이었지만 고품격 예술영화로 승화시켰다. 영화 구성이 신선했다. 위안부의 한을 본원적으로 풀어서 개운하다. 고단위의 치유영화였다. 인류애의 적지 않은 공헌이 될 감동의 영화다. 일본에서도 유엔에서도 상영하면 좋겠다. 강추한다.

이탈리아 영화, '나의 어머니'

어머니는 희망이고 그리움이고 아픔이고 우상이고 신앙이다. 어머니는 나의 뿌리이다. 어머니를 빼놓고 어찌 나를 운위할 수 있으랴? 어머니라는 말은 말만 들어도 가슴이 아린다. 개봉관 영화들을 검색하다가 '나의 어머니'를 접했다. 좌고우면할 여지가 없었다. 오늘의 관람 영화는 아무런 주저도 없이 '나의 어머니'로 낙착되었다.

영화 '나의 어머니'는 딸 마르게리타(마거리타 부이)가 영화촬영 현장의 감독 역과 어머니가 입원해 계신 입원실의 간병역이 번갈아 나오는 영화다. 영화촬영 도입 부분을 찍을 때의 마르게리타는 독선적일 정도로 영화감독으로서 자신 만만했다. 그러나 어머니의 병세가 악화됨에 따라 점차 자신감의 혼돈이 일어난다. 그것은 어머니와의 문제, 남편과의 문제, 딸과의 문제에서도 노출된다.

어머니는 아들이나 딸이나 손녀의 말을 병상에서도 잘 들어주신다. 그러나 아들과 딸은 어머니를 위한다는 명분으로 잘 들어주지 않는다. 어머니는 소외된 것이다. 흔히 젊은이들은 늙으면 노망된 행동을 한다고 생각한다. 노인은 그렇게 생각하지 않는다. 노인은 늙으니까 더 지혜로워진다고 생각한다. 누구의 말이 옳은가?

대체로 인생의 전성기 때 부모님은 운명을 맞는다. 이때가 인생의 대전환기이다. 성큼 성숙하는 것이다. 어머니도 그 시기를 거치며 원숙해지신 것이다. 그런 어머니를 보고 어머니는 왜 이렇게 사시나? 자주 원망하며 나는 엄마처럼 살지 않을 거야 하고 다짐한다. 그러나 어머니가 운명하면 그때서야 어머니를 이해하며 자기도 어머니를 닮아가는 것이다.

어머니도 꿈이 있었고, 드디어 꿈을 성취했고 일가를 이루셨다. 그러나 늙으면 그동안 생애를 바쳐 일궜던 꿈이 무너진다. 죽기도 전에…. 그러니 그 얼마나 상실감이 크랴…. 자식이 어찌 어머니의 마음을 읽을 수 있으랴. 자동차를 운전했다고 어머니의 면허증을 찢어버리고, 자동차를 고의로 벽에 여러 차례 박아서 파손시키는 딸의 행동을 보며 어머니의 마음이 얼마나 아팠으랴….

자기에게 잘해줬던 간호사를 본 다음 퇴원하겠다는 어머니의 뜻을 저버리고 자식들은 퇴원을 강행시켰다. 자식들은 어머니의 심정을 정말 모른단 말인가? 그래도 어머니, 무슨 생각하고 계셔요? 하고 딸이 물으니 어머니는 '내일'이라고 답했다. 그렇다. 어머니는 운명이 닥쳐왔어도 꿈을 꾸고 계셨던 것이다. 그 어머니의 모습이 강렬한 여운으로 지금도 남아있다.

한국 영화, '화장'

임권택 감독은 작품성 있는 중후한 영화를 제작하여 감독의 성가를 더해 온 분이다. 102번째 작품인 이번의 '화장'도 마찬가지다. 그의 영화에 대한 열정에 경의를 보낸다. 국민배우 안성기의 연기력은 검증이 그 옛날에 끝난 배우다. 그 후 관객을 실망시키지 않고 발전에 발전을 거듭해 왔다. 원작 '화장'을 지은 소설가 김훈은 우리 시대를 대표하는 순수문학의 대가이다.

세 거장이 합류하여 영화 '화장'을 탄생시켰으니 참새가 어찌 방앗간을 그냥 지나가랴…. 좀 늦었지만 마음 편하게 '화장'을 느긋하게 감상하였다. 영화는 처음부터 중량감을 느끼게 했다. 검은 상복을 입은 상제와 상여꾼들이 망자와 더불어 이승과의 마지막 이별을 고하는 장엄한 상례였다. 인생의 마지막 하이라이트 축제가 전개된 것이다. 그 군중 속에 붉은 패션의 처녀가 걷고 있었다. 물론 그녀에 대하여 시선이 쏠리게 만든 신(장면)은 임권택 감독다운 기발한 발상이었다.

중년이 되면 자연스럽게 병마가 예고도 없이 찾아오는 경우가 있다. 왜 오는지는 아무도 모른다. 때로는 생사의 기로에 서게도 된다.

실제로 죽게도 된다. 이때 죽은 자는 물론 산 자의 고통도 이만저만이 아니다. 긴병에 효자 없다는데 긴병에는 배우자도 마찬가지다. 재발된 아내(김호정)의 암에 4년째 간병을 한 남편 오 상무(안성기)의 영육 간의 고통은 겪어보지 않은 사람들은 알 길이 없다.

잘 나가는 화장품 회사의 중역인 오 상무로서도 밤새 간병하고 출근하는 것이 일상이 되었다. 이런 어려움을 회사에서는 내색할 수 없었다. 회사에서는 부원들이 영업성과를 올리면 사기진작 차원에서 한턱 거하게 쏘는 것도 그의 일이었다. 이러저런 과정에서 신입사원 추은주(김규리)에게 연정이 싹텄다. 이른바 짝사랑이었다. 아내는 아프고 추은주는 생기가 넘치는 여자였다. 이 여자가 바로 상례 때 붉은 옷을 입고 따르던 여인이다.

오 상무는 퇴근을 하면 병실로 돌아와 간병을 하였다. 아내는 암투병으로 남편은 간병으로 밤을 보냈다. 거기에다 오 상무는 겉모습만 멀쩡한 신사였지 전립선비대증 환자였다. 그 점에서는 아내나 남편이나 배출 문제가 여간 난감한 일이 아니었다. 아내는 부끄러운 곳을 남편에게 자주 보일 수밖에 없었다. 얼마나 수치스러웠겠는가? 그렇지만 감동스러울 정도로 자연스럽게 그 연기를 소화해냈다. 존경스럽다.

그토록 고통을 겪던 아내는 숨을 거둘 때는 조용히 운명했다. 빈소는 화려하게 치장되었고 문상객들은 많았다. 장례는 화장이었다. 영화는 계속 '화장'이라는 중의로 쇠락과 치장을 거듭하다가 빈손으로 왔다가 결국 빈손으로 갔다. 남아있던 애완견도 망자를 따라 보냈고,

망자의 귀중품들도 모두 소각시켰다. 이건 평소 망자의 뜻을 남편이 집행한 것이다.

초상 후에 추은주가 오 상무의 별장으로 찾아왔다. 추은주를 사랑할 수 있는 기회가 굴러온 것이다. 하지만 오 상무는 추은주가 찾아온 것을 알고도 만나지 않은 채 스스로 그 자리를 떠났다. 슬리퍼 차림으로…. 아내는 저승으로 갔지만 그 동안 자기를 사랑한 아내에게 손을 들어준 것이다. 윤리적인 사랑의 승리였다. 그러나 시시비비의 귀책점은 오 상무가 감당할 몫으로 남았다.

요컨대 '화장'은 인간의 본성을 은유하는 알레고리적 절규로 관람자에게 메아리쳐 오는 메시지로 들렸다. '화장'은 임권택 감독과 안성기 배우 그리고 김훈 소설가의 위상을 반석 위에 올려놓은 불후의 걸작으로 영화사에 길이 남을 것으로 생각된다.

미국 영화, '미 비포 유'

꿈과 운명이 일치한다면 얼마나 좋을까? 그런 사람도 있을까? 아마 있을 것이다. 어쩌면 자신의 꿈보다 더 윗길로 살 수 있게 운명 지어진 사람도 있을 것이다. 그런 사람은 천복을 타고난 사람임에 틀림없다. 그러나 이상적이며 행복한 삶은 대다수의 인간에게는 그저 꿈일 뿐이다. 그런데도 인간에게는 신데렐라 증후군이 있다. 그러니 어찌 꿈을 안 꿀 수 있으랴….

영화 '미 비포 유'는 자신이 원하는 모든 것을 얻고 자신 만만하게 사는 윌(샘 클라플린)이 순간적인 교통사고로 사지마비가 되었다. 그로서는 모든 것을 잃게 된 것이다. 우선 자유가 사라졌다. 갇혀 사는 것을 참을 수 없어 자살을 결심한다. 가족의 만류로 6개월간 유예에 동의한다. 부모는 유예된 6개월간의 간병을 위해 간병인 모집 공고를 냈다.

루이자(에밀리아 클라크)는 6년 동안이나 일하던 카페가 문을 닫자 졸지에 백수 신세가 되었다. 가족의 생계를 짊어진 그녀에게는 새로운 잡이 절실했다. 절묘하게 집에서 가까운 곳에 간병인 자리가 났다. 그녀로서는 간병인은 생소한 자리였다. 그러나 더운밥 찬밥을 가릴 계제가 아니었다. 루이자의 알바 인터뷰 장면은 천방지축이었다.

말이 많고 푼수였다. 그러나 진솔하였다. 그 점이 채용에 도움이 되었다.

이들의 만남은 화려했었지만 재산만 있고 건강과 꿈을 잃은 남자와 자기의 삶은 없고 가족의 생계유지가 인생의 전부인 가난한 여자의 만남이었다. 케미는 처음부터 상상조차 되지 않았다. 물과 기름의 만남이니까…. 그러나 직업상 만남이었지만 계속 만남은 점차 상대방의 처지를 이해하기에 이르렀다. 이해는 사랑의 출발이라고 했던가? 루이자는 고민 끝에 7년간이나 사귄 남친을 뒤로하고 순수한 사랑 때문인지, 아니면 연민에서인지 새로운 사랑에 올인한다.

소설 『me Before you』는 문장을 따라가며 내 마음대로 상상의 나래를 펴며 읽었었다. 오늘 본 동명의 영화는 연기자들이 압축된 대본을 소화해 가는 신(장면)들이 좋게 느껴졌다. 그렇지만 나와는 이해 방식이 다른 면들도 있었다. 다르기에 더 흥미로웠는지도 모른다. 이래서 영화를 보더라도 원작이 있다면 그것을 마스터하고 보면 서로 비교도 되고 보완도 되는 이점이 있어 보였다.

'미 비포 유'는 소설도 영화도 성공작이었다. 감독이나 캐릭터들이 자기 역할을 충실히 소화했기에 가능한 결과라고 생각된다. 약간의 아쉬운 점들은 있었지만 나름 영화는 소설의 메시지를 잘 전달했다. 그것은 인간의 존엄사 문제를 다시금 사회적인 이슈로 만드는데 성공했기 때문이다.

보츠와나 영화, '부시맨'

영화는 신작 개봉만이 호기심이 가고 관람객에게 유익한 것은 아니다. 때로는 오래전에 개봉되었고 그 후 몇 번을 봤는데도 여전히 신선한 영화들이 있다. 이런 영화들을 이름하여 고전영화라고 불러도 손색이 없을 듯하다. 오늘 본 영화 '부시맨'도 이런 부류에 속하는 영화라고 할 수 있다.

아프리카 칼라하리 사막에 살고 있는 원시부족 부시맨 마을에 지나가던 경비행기의 파일롯이 다 마신 빈 콜라병을 땅으로 떨어뜨린다. 부시맨족은 빈 콜라병을 신의 선물로 알고 이렇게 저렇게 실험해 본다. 유용성이 많다. 문제는 이제껏 평화롭게 살던 부족에서 다툼이 일기 시작한 것이다.

추장 카이는 콜라병이 자기 부족을 분열시키는 사악한 물체라고 판단하고, 육지 끝까지 가서 신에게 되돌려 주려고 길을 떠난다. 도중에 문명 주거지들을 지나며 예기치 못했던 문화충돌이 인다. 엉뚱하게 문명인들의 사건에 말려들기도 한다. 그때마다 본인의 기지와 생면부지의 문명인들의 도움을 받는다.

영화는 문명과 원시가 대비되는 코미디다. 폭탄웃음이 저절로 쏟

아지는 기절초풍의 풍자극이다. 시각에 따라서 문명 비평영화라고 할 수 있다. 또한 원시 비판의 빌미도 제공하는 영화다. 기이하게도 현세는 부시맨류의 원시수렵사회도 있고, 농경단계의 나라도 있고 개발도상국도 있고, 첨단국가도 있다.

무력으로는 첨단국의 세상이다. 그러나 행복지수는 어느 사회가 높은지 모른다. 부시맨들은 자기들의 사회가 행복한 낙원이라고 믿고 원시사회를 고수하고 있다. 그러나 첨단국들은 더 빨리 더 많이 첨단기기들을 만들고 계속적으로 혁신에 몰두하고 있다. 경쟁은 치열해지고 인간미는 더 삭막해지고 있다.

이런 지경에서 영화 '부시맨'의 메시지는 큰 울림으로 다가왔다. 이를 어떻게 받아들여야 할까? 가장 이상적인 해결 방법은 무엇일까? 사실 '부시맨'은 웃으면서 즐겁게 관람했지만 인류의 전도에 매우 중차대한 근원적인 문제를 제기했다. 의외로 머리를 띵하게 만든 무거운 영화였다.

프랑스 영화, '사라의 열쇠'

인간의 생은 어떻게 사는 것이 최선의 삶일까? 진실한 삶일까? 가면적인 삶일까? 아마도 진실하게 사는 것이 이상적인 삶일 것이다. 많은 종교들이 그렇게 가르쳐왔다. 오르지도 못할 나무를 오르라고 주입한 결과다. 그러나 최선의 삶을 살기 위해서는 의외로 가면이 필요할 때가 있다. 살아남기 위한 가면을 어찌 탓할 수 있으랴?

우리는 운동 경기에서 어떤 선수의 속임수 모션을 보면 그 선수의 거짓 제스처를 놀라워하며 칭찬을 아끼지 않는다. 그런 것들이 쌓여 경기를 승리로 이끌면 관객들로부터 아낌없는 갈채를 받는다. 그것이 정상적인 운동경기다. 일상에서도 자기나 자기편에 유리하게 어떤 행동을 무의식적으로 전개하면 스스로도 하얀 거짓말이었다고 별 생각 없이 정당화한다.

영화 '사라의 열쇠'를 보며 페르소나(persona)에 대하여 많이 생각했다. 히틀러나 히틀러에 부용한 프랑스 괴뢰정부는 1942년 7월 유태인을 체포하여 수용소로 보냈다. 집단적으로 당연한 양 죄의식 없이 유태인들을 죽음의 사지로 내몰았다. 그 중에는 사라의 가족도 있었다. 사라는 남동생을 벽장에 숨게 하고 혹시라도 밖을 내다보다 경찰에게 잡힐까봐 열쇠를 채웠다. 그리고 다시 돌아올 거라고 안심시키며 끌려갔다.

그때 잡혀갈 때의 세 식구의 운명이 남동생과의 최후였다. 그리고 며칠 후에는 부모와도 각각 생이별하였다. 사라는 열 살의 어린 나이였지만 동생과의 약속을 지키고자 탈출을 시도하였다. 절박한 마음은 경비병마저 움직여 탈출에 성공하였다. 그리고 우여곡절 끝에 집으로 돌아가서 벽장문을 열었다. 그러나….

동생마저 죽고 사라는 천애고아가 된 것이다. 정신이 온전할 리가 없었다. 그 후 양부모도 위험을 무릅쓰며 잘해줬지만 자기로 인해 동생이 죽었다는 죄책감에 시달렸다. 그녀는 스스로 고난의 길을 택했다. 드디어 양부모 집을 가출하여 미국으로 건너갔다. 그곳에서 남자를 만나 혼인하고 아들을 낳자 바로 교회에 가서 유아세례를 받게 했다.

유대인들은 세상이 다 아는 바와 같이 역사적인 고난 속에서도 유대교를 신봉하고 살아온 민족이다. 특히 유대교는 엄마의 혈통을 따르고 있다. 그런데도 아들의 안전을 위해 스스로 신교를 택했다. 유대교보다는 자식의 안전을 택한 것이다. 그러니 유대교인의 엄마로서 얼마나 괴로웠겠는가? 우울증에 시달리다 결국 교통사고사를 위장해서 자살하였다.

진실을 밝히고자 이혼까지 불사한 잡지사 기자 줄리아(크리스틴 스콧 토마스)와 사라(멜르신 메이얀스)의 교차되는 화면이 혹시나, 혹시나 하며 궁금증을 부채질하였다. 줄리아는 기자정신에 불탔고, 사라

는 동생을 죽게 했다는 트라우마에 시달리며 동생에 대한 죄책감에서 벗어나질 못했다. 다행히 새로운 삶에서 본능적인 모성애를 나타냈다. 자식의 안위에 초미의 관심을 기울여 안정을 찾는가했다. 그나마도 견뎌내질 못하고 자살로 막을 내렸다.

이런 사례가 어디 프랑스에서만 나타난 현상이겠는가? 한국도 수없는 사람들이 징병, 징용, 성노예로 사지로 끌려갔다. 이때 일제의 하수인이 된 동족은 없었던가? 독일의 하수인이 되어 유대인을 수용소로 넘긴 것처럼…. 한국인 중에도 일본에 부용하여 독립지사를 밀고하거나, 동족을 사지로 넘기며 일본에 협력하지는 않았던가?

한국전쟁 때는 또 어땠는가? 반동분자나 빨갱이라는 말은 개죽음의 신호탄이었다. 각 민족들은 이 집단무의식의 원죄를 어떻게 씻을 수 있겠는가? 문제해결 방식 여하에 따라 불·독 관계, 한·일 관계, 남·북 관계의 미래는 사뭇 다르게 전개될 것이다. 영화 '사라의 열쇠'는 민족 간의 민족적 원죄의 깊은 회한을 담담하게 그렸지만 먹먹한 메아리로 돌아온 울림이 있는 비극이었다.

일본 영화, '앙: 단팥 인생 이야기'

영혼이 깃든 감성영화는 감동을 수반한다. 영화 '앙: 단팥 인생 이야기'가 그랬다. 영혼은 누구나 해맑을 수 있다. 그러나 영혼이 해맑은 사람은 흔하지 않다. 특히 부자나 권력가 중에서 해맑은 영혼을 보기란 매우 어렵다. 그래서 예수님도 부자가 천국에 갈 수 있는 확률을 낙타가 바늘구멍을 통과하는 일에 비유하셨을 것이다. 그럴 정도이기에 해맑은 영혼이 깃든 영화를 보면 감동을 깊게 받나보다.

영화 '앙: 단팥 인생 이야기'의 도쿠에(키키 키린), 센타로(나가세 마사토시), 와카나(우치다 카라) 세 주인공은 삼대에 걸친 혈육 같다. 실제로 혈육은 아니다. 그러면서도 혈육보다도 더 끈끈한 인연으로 맺어진다. 이들 세 주인공의 각각의 면모는 평범한 사람도 못된다. 도쿠에 할머니는 생애의 대부분을 한센병 요양원에서 보낸 사람이다. 센타로는 복역을 마친 전과자이다. 그리고 와카나는 고교 진학도 어려운 불우한 소녀이다.

무대는 센타로의 작은 단팥빵 '도라야키' 가게이다. 여기에 도쿠에는 단팥 제조 알바생으로 들어왔고, 와카나는 손님으로 찾아온 고객이다. 도쿠에가 알바생으로 들어오기 전까지는 센타로는 무뚝뚝한 가게 주인이었다. 그러나 인간미 넘치는 영혼이 해맑은 일흔여섯 살

할머니 도쿠에가 들어오면서부터 변화는 나타나기 시작하였다. 할머니는 단팥 만드는 오십 년 노하우를 살려 정성을 다해 단팥을 만들었다. 할머니의 팥에 대한 정성은 지극하였다. 아니 신앙이었다. 당연히 정성과 따듯한 마음을 다해 유쾌하게 팥 만드는 일에 신명을 바쳤다.

팥뿐이 아니었다. 벚꽃, 바람, 달, 새 등 모든 자연이 사람처럼 의사표시를 하고 있는 것으로 여겼다. 할머니는 자연의 말을 알아듣고 그들과 소통을 하였다. 신을 상실한 시대라고 하지만 자연은 이러한 도쿠에 할머니를 외면하지 않았다. 할머니가 만드는 단팥이 최상의 단팥이 되어 할머니를 보상하였다. 물론 가게는 나날이 번성하였다. 그러나 와카나가 도쿠에 할머니는 한센인이란 사실을 누설하자 손님들의 도라야키 가게 출입 발길은 끊겼다. 할머니는 종적을 감췄다. 그제야 센타로와 와카나는 한센병 요양원으로 찾아가 할머니의 정체를 세세히 알게 된다. 여기서 이들은 도쿠에 할머니의 말씀을 듣고, 보통의 인간들이 어떻게 살아야 사람답게 살 수 있는가를 터득하게 된다. 답은 가까이에 있었다. 자연에 군림하는 것이 아니라 자연의 소리를 듣는 일에 치중하면 자연과의 소통이 가능해 진다는 것이다.

그런데 이렇게 자연과 소통할 수 있는 사람들, 바로 이러한 사람들이 해맑은 영혼을 가진 사람들이 아닐까? 영화 속에서도 가게 건물주는 영혼이 삭막했다. 그러나 세상 사람들이 보기에 불우한 세 주인공은 해맑은 영혼에 동화되었다. 그리고 각기 자기가 하는 일에 도통할 수 있는 발판을 구축했다. 신은 언제나 영혼이 해맑은 사람의 편이었다. 아마 도쿠에 할머니는 남은 두 사람의 남은 생애를 보람되게 살게 만들어 주었다. 그리고 본인은 먼저 천국으로 갔다.

미국 영화, '우리가 사랑한 시간'

자기가 지향하는 바와 닮은 유사한 영혼의 인간을 만나면 서로 끌리는 게 인지상정일 것이다. 이성일 경우는 더욱 그렇다. 그렇다고 꼭 연인으로 발전하는 것이 이상일 수는 없다. 물론 청춘 남녀일 때 만나면 취향이 다른 사람을 만나는 것보다는 서로 이해하는데 호흡이 잘 맞을 수도 있을 것이다. 그 경우에도 관점에 따라서는 취향보다는 다른 면을 중시하는 경우도 있을 것이다. 예컨대 인품, 경제력, 연령차, 용모, 건강미 등 말이다. 그렇지만 이러한 문제는 지극히 사적인 문제이다. 영화 '우리가 사랑한 시간'에서는 애인 설정이 기혼의 중년 남성과 십대 학생으로 설정되어 있다. 인간도 감정의 동물이니까 설사 그럴 수도 있다. 인간은 다른 동물과 달리 영혼이 있다. 그런데다 사회적인 동물이다. 그런데도 자유 예찬으로 모든 장벽을 뛰어넘어 불장난을 한다는 것은 아무리 시대가 변했다고 하더라도 그를 일러 지성인이라고 칭하기는 어렵다. 그러나 어찌하랴. 중년 남성은 바야흐로 권태기이고 학생은 청순해서 음악적인 우상을 만났는데 이를 어찌하오리까?

영화 속의 연애 상대자들은 자유연애 예찬자이나 특히 좀 더 자유

로운 교환학생 소피(펠리시티 존스)가 기득권의 음악 교사 키이스(가이피스)의 영혼에 은유적으로 자유의 혼을 부채질 한다. 키이스는 자기의 입장과 달리 부인과 딸에게도 신경이 쓰인다. 당연한 일이다. 이십여 년간 가꿔온 가정에 균열이 생기는데 어찌 안 그렇겠는가? 그러나 마음은 소피에게로 이미 쏠리고 있었다. 가정 파멸이 예고되고 있는 것이다. 그렇다고 새로운 출발이 행복했던 가정을 파괴하고 새롭게 일굴만한 가치가 있는 것일까?

남녀문제는 매우 디테일한 문제다. 어느 순간 큐피터가 꽂혀 그 사람만 자기의 이상적인 뮤즈로 보이고 다른 사람은 눈에 들어오지 않는데 이를 인간의 힘으로 어찌 제어할 수 있으랴. 사랑은 참으로 운명적이다. 영화 '우리가 사랑한 시간'이 잘 말해주고 있다. 키이스는 자기의 뉴욕하모니 입사 오디션 문제로 신경이 곤두 서 있었다. 교환학생 소피에게는 까칠할 정도로 무관심하였다. 그러나 소피가 피아노 연주하는 것을 보고는 마음이 움직였다. 소피 역시 키이스가 첼로 연주하는 것을 보고 마음이 끌렸다.

무관심으로부터 마음이 끌려 사랑으로 발전하는 과정에서의 연기는 볼만했다. 얼굴 표정, 눈빛, 동작 등에서 탁월한 연기력을 보여줬다. 아~ 사랑의 과정은 저런 것이구나 하는 것을 빈틈없이 드러냈다.

그것은 하나하나가 심리변화상이었다. 일반 영화에서 보는 오버 액션은 없었다. 그런데도 끊을래야 끊을 수 없는 강렬한 사랑을 멋지게 그렸다. 그것도 근래에 보기 드문 절제미를 발휘해 가면서…. 이로써 감독의 연출력을 유감없이 읽을 수 있었다. 동시에 수준급 작품이 탄생되는 명장면들이 스크린을 수놓았다. 감독의 능력이 대단했다.

뉴턴은 중력의 법칙을 발견하였다. 이름하여 만유인력이라고 말한다. 만유인력은 놀랍게도 인간사에도 작용됨을 영화는 확인시켜 주었다. 중력이 더한 곳으로 끌려가는 것이다. 달이 지구에 끌리고, 지구가 태양에게 끌리듯이…. 결혼할 때 그리고 결혼 생활 이십 년간 부인인 메간 레이놀즈(에이미 라이언)에게 중력이 있었다. 그러나 소피가 가정에 입주한 후 어느 시점부터는 메간 레이놀즈의 중력보다는 소피의 중력이 더 커져갔다. 역전된 것이다. 물리의 법칙이 인간에게도 적용되는 순간이었다.

영화는 오프닝 때 가족사진 찍는 모습을 엔딩 크레딧 때도 선보였다. 감독은 사랑스런 가정의 수미일관(首尾一貫)을 애써 보여주고 싶었겠지만 관람자 입장에서는 참 어정쩡하게 끝맺는 것으로 보여졌다. 그렇게 한다고 가족 간의 사랑이 다시 원상으로 돌아오겠는가? 부부관계란 도자기와 같아서 한번 균열이 간 도자기는 다시 온전하게 되지 않는 법이다. 그냥 봉합만 되었을 뿐이다. 제목도 '우리가 사랑한 시간'이라고 달았지만 이들의 사랑은 결코 시한부 사랑이 아니었다. 영혼이 결합된 사랑이었다.

미국 영화, '인턴'

동양에서는 '아는 것은 좋아하는 것만 못하고, 좋아하는 것은 즐기는 것만 못하다'는 말이 전해 오고 있다. 아는 것은 힘이다. 알아야 산다는 것은 구한말 선조들의 슬로건이었다. 그건 무지해서 서구에게, 일제에게 당하고만 있는 조국의 현실을 타개하기 위한 고육책이었다. 그런 연유로 알게 된 것들이라 하더라도 좋아하지 않으면 십년불공 나무아미타불이 되는 경우가 허다했다.

좋아하는 것만이 생명력이 있다는 반증이다. 좋아하는 일을 한다는 것은 인생의 행운이다. 자기가 좋아하는 일을 '일하고 사랑하고, 사랑하고 일하고' 할 수 있다면 이 얼마나 멋진 삶인가? 그렇다. 아무리 좋아하는 일이라도 즐거워야 한다. 즐긴다는 것은 행복의 핵심이니까….

안다는 것은 지적이고, 좋아한다는 것은 정적이다. 지적이라 함은 이성적인 것이고, 정적이라 함은 감성적이다. 그런데 즐긴다는 것은 다분히 동적이다. 좋아하는 일을 즐기면 얼굴에는 윤기가 나고 눈에서는 빛이 난다. 입은 저절로 흥얼거려진다. 몸동작은 경쾌해진다. 이 때 자기도 모르게 엔돌핀이 쏟아진다. 만나는 사람마저 즐거워진다. 끼의 위력이다.

지난번에 본 '오피스'나 오늘 본 '인턴'은 둘 다 직장에서 벌어지는 일들을 영상화 한 영화다. 그런데 스토리는 극과 극이다. 전자는 우울했고 후자는 유쾌했다. 둘 다 관람자들에게 주려는 메시지가 있었지만 전자보다는 후자가 호감이 갔다. 왜일까? 그것은 후자는 영화를 보는 것이 즐거웠기 때문이다. 특히 극장을 리모델링했기에 더욱 쾌적하기도 했다.

영화는 세대, 직업, 직급, 남녀를 불문하고 모두가 공감할 수 있는 힐링 영화였다. 시시때때로 웃음을 선사하는 코믹 영화이기도 하였다. 지적 미모의 30대 CEO 줄수 오스틴(앤 해서웨이)과 70대 경륜의 호남형 벤 휘테커(로버트 드 니로)의 어울릴 것 같지 않은 케미가 돋보였다. 특히 벤의 적재적소의 멘트는 제작비를 절감하면서도 영화다운 영화로 탄생시키는 동력이었다.

이제 관람자들은 모두 알게 되었다. 일과 사랑의 중요성을, 손수건의 용도를, 상사를 대하는 태도를, 비행기 1등석에서의 이벤트를, 세대의 장벽을 뛰어넘는 우정을…. 알고 보면 세상사는 모두가 저 하기 나름이라는 것을 확인시켜 주었다. 나 하나가 별 것 아닌 것 같지만 주변에 도움이 될 수 있다는 것을 '인턴'은 기분 좋게 가르쳐 주었다. '인턴'의 울림으로 인하여 오늘 매우 즐거웠다. 지금도 즐거움의 연장선상이다.

한국 영화, '동주'

누구에게나 존경하는 사람은 있지 않을까? 존경하는 분이 내국인인 경우도 있고 외국인인 경우도 있을 것이다. 그리고 과거의 인물일 수도 있고 현존하는 인물일 수도 있을 것이다. 존경하는 인물이 없는 사람도 있을 것이다. 존경하는 인물이 없는 것보다는 있는 것이 더 좋을 것 같다.

윤동주에 대해서는 원래는 시인으로서 존경했었다. 그러나 언제인가부터는 한 인격체로서 존경하기 시작하였다. 그로부터 윤동주와 관련된 것에는 호기심이 작동하였다. 그래서 윤동주 스스로의 시, 사진 및 행적이나 윤동주에 관한 회고문, 증언, 평전, 논문, 소설, 드라마 및 기사 등을 섭렵하였다. 그리고 윤동주 시비, 윤동주의 산책로, 윤동주의 모교 룡정중학도 가봤다.

이준익 감독의 영화 '동주'도 당연히 관람하였다. 그러고 보니 윤동주는 참 다채 다양한 면모를 가진 다재다능한 인물이구나 하는 생각이 들었다. 특히 인간으로서 겪을 수밖에 없는 과정들을 모두 겪었구나, 그것도 압축해서 겪었구나 하는 생각에 미쳤다. 같은 시대의 아픔, 같은 동족에 대한 아픔, 나아가서 적국인에 대한 아픔까지도

세세히 겪었다.

미완의 청춘이, 미생의 인간이 겪기에는 너무나 엄청난 고통으로 다가왔다. 그 어려움을 피하지 않고 온몸으로 맞서 시로 승화시켰다. 고통은 더없이 좋은 살아있는 시의 소재였다. 그러나 그 시는 스스로의 목숨을 앗길 시였다. 그래도 시를 썼다. 죽는 날까지 하늘을 우러러 한 점 부끄러움이 없는 시를…. 끝내 윤동주는 목숨과 시를 맞바꾸었다.

윤동주의 아름다운 서정시집 『하늘과 바람과 별과 시』는 그렇게 해서 그가 후쿠오카 감옥에서 옥사한 지 3년 만에 탄생하였다. 아마 윤동주는 그것을 미리 알았을 것이다. 시를 보면 이미 죽음을 예측하고 있었으니까…. 1948년의 초판본은 해를 거듭해서 중판되어 지금까지도 70년 가까이 스테디셀러로 국민적인 사랑을 받고 있다. 과문인지는 몰라도 우리나라에 이만한 저작물이 또 있을까?

영화는 윤동주, 송몽규를 통해 일제의 비인간적인 면모를 여실히 드러냈다. 일제는 일본과 한국을 문명 vs 비문명으로 구도를 설정하고 윤동주를 잡아가는 것을 일제의 문명행위로 치부하는 난센스를 보였다. 그리고 아우슈비츠의 만행 예화를 들기까지 하였다. 이러한 현상을 두고 일본은 무엇이라고 또 합리화를 궁리할까?

여하튼 상업성이 난무하는 세상에서 모처럼 작품성 있는 영화를 보았다. 요즘은 잘못을 저지른 사람이 뻔뻔하게도 잘못도 없는 사람을 나무라는 일이 비일비재한 세상이다. 영화 '동주'의 개봉 여파로 부끄러움을 느끼는 계기가 되었으면 하는 바람이다. 제작비 5억 원이 부조리한 사회 순화에 큰 동력이 될 수 있기를 빈다.

에필로그

『사랑의 마중물』이라는 책을 만들기로 한 다음부터 슬슬 걱정이 되었다. 분명히 은퇴생활을 하긴 했는데 무슨 자랑거리도 없고 세월만 지난 것 같았다. 우선 남편의 격려로 힘을 얻어 생각을 정리하고 그동안 써 놓았던 글들을 살펴보았다. 이왕 일을 시작한 바에야 멋지게 실속 있는 내용으로 만들어보자고 희망에 들뜨기도 했다. 그러나 갈수록 부끄러운 생각에 주저하는 마음이 들었다. 그래서 우선 내가 살아온 은퇴생활 과정을 정리해 보았다.

30년 가까이 봉직한 교직을 그만두고 나서 처음 6개월은 잠을 많이 잤다. 동네 중·고등학교에서 들려오는 수업종소리를 들으며 출석부를 끼고 복도를 따라 교실로 들어가는 동료들을 생각했다. 쉬고 있는 내가 정말 행복했다. 사실 매월 월급날이 되면 아쉬운 마음도 들었다. 그러나 얼마간의 연금이 나오니 조금은 위로가 되었다.

그러다 집에만 있으니 퇴보하는 것 같았다. 신문을 보고 평생교육원에 등록을 했다. '정신건강'이란 강의를 처음 들었다. 시험도 없고 숙제도 없어 부담 없이 들을 수 있었다. 그 밖에 여러 강좌를 한 학기씩 바꿔가며 몇 년간 수강했다.

그 후 생산적인 공부를 하고 싶었다. 평생교육원 과정 중 영어회화반이 있었다. 정년퇴직한 여교수 밑에서 영어회화를 2년간 배웠다.

한 반에 학생이 사십여 명이었다. 그때 여고를 나온 70대 할머니를 만났는데 영어 공부를 하고 싶어서 왔다고 했다. 결혼해도 공부할 수 있게 해 준다는 남편의 말만 믿고 일찍 결혼하여 네 명의 아이들을 키우다 보니 이렇게 세월이 다 갔다고 했다. 남편은 잘 나가는 회사의 회장이고 자식들도 다 출가했다고 하였다. 그래서 그런지 고급 승용차로 기사분이 모셔오고 또 모셔갔다. 그 분께 배웠다. 배움에 목말라 연로한 연세에도 배우려고 나오시는 데 감동했다. 그 분에 비하면 훨씬 젊은 내가 배우는 데 주저할 필요가 없었다. 앞으로 해외여행 갈 때 필요한 것이 세계 공통어인 영어회화라고 생각했다. 그래서 배우고 싶은 영어회화를 위해 정규 대학교 어학원에 등록했다.

초급단계에서 출발했다. 그리고 한 단계씩 시험을 통해 진급을 했다. 젊은 학생들과 함께 원어민 교수에게 배웠다. 일주일에 사흘을 나갔다. 나처럼 늦게 배우는 사람들과 그룹으로 스터디를 했다. 오전 수업 후 학생식당에서 점심을 먹고 나무 밑에 앉아 영어로 이야기를 했다. 처음엔 머리가 깨질 것처럼 아팠다. 지금도 잊지 못하는 학생들이 있다. 간호사인 처녀와 나와 같은 아줌마 K인데 영어를 나보다 더 좋아하는 사람들이었다. 또 나보다 K는 두 살 위인데 남편 따라 외국에 많이 살아서 회화를 어느 정도 했다. 처음엔 무척 부러웠다. 같이 몇 년 다녔다. 성격 좋고 매너 좋고 배울 점이 많았다.

캐나다인 교수, 미국인 교수와 무척 친해졌다. 같이 회화 배우던 여학생은 미국인 영어교수와 연애를 해서 결혼했다. 신혼집도 가보고 서양 음식도 만들어 주어서 먹었다. 싸울 때 급하면 한국말로 막

이야기해도 남편이 다 알아듣는다고 했다. 듣는 우리는 무척 재미있었다. 어학원에서 친구 남편을 보면 미소가 나왔다. 그렇게 몇 년간 영어회화를 배웠다. 지하철에서도 영어로 생각하고 걸어갈 때도 영어로 생각했다. 참 치열하게 영어를 사랑했다. 덕분에 해외여행 가서 기죽지 않고 그럭저럭 소통할 수 있었다. 잘하지는 못해도 용기는 뒤지지 않았다. 외국인과 만나도 영어 때문에 무섭지는 않았다.

영어회화를 어느 정도 한 다음 2004년부터 시작한 것이 그림이다. 동네 문화센터에서 연필과 스케치북만 있으면 된다고 하여 처음으로 연필화를 배웠다. 중급반에 올라가서는 색연필화를 배웠다. 모두 6년 정도다. 그 다음에는 파스텔반에 다녔다. 파스텔도 6년여 다녔다. 소프트 파스텔을 먼저 2년 정도 배운 다음 그 후는 오일 파스텔을 그렸다. 그룹전시회도 여러 번 하고 나름 발표회도 가졌다. 작품도 많이 쌓였다. 그렇게 달리다가 갑자기 서 버렸다. 어깨가 아팠기 때문이다. 오일 파스텔 그림을 그릴 때 오른쪽 팔로 딱딱한 고무지우개를 많이 문질러서 그렇다. 요즘 그림은 안 그리고 책만 본다. 그림이 아닌 기쁨도 누리고 있다. 처음엔 잘 했다는 마음과 반대의 생각이 나를 불안하게 하였다.

또 다른 시간의 행복을 통해 내 인생의 폭이 넓어지고 있다. 역시 삶에는 쉼이 필요하다. 뒤늦게 깨달은 휴식의 아름다움이 새로운 에너지를 주고 있다. 그런데 석 달 후 발동이 걸렸다. 그 동안에는 보고 싶은 책들을 보고 좋았는데 새로 모집하는 문화센터 강좌에 나가보고 싶었다. '스크린 영어'에 등록했다. 첫 시간만 해보고 어려우면 그만두려고 했는데 해볼 만하다. 재미있다. 교사였던 어떤 친구는 뭐하러 머리 썩이며 공부를 하냐고 했다. 나는 계속 다닐 것이다. 영화 자막을 안 보고도 말이 들릴 때까지…. 푸른 하늘을 보며 나의 꿈은 지금도 계속되고 있다.

돌이켜보면 그림에는 완전 초보였던 내가 십여 년간 그림을 그릴 수 있었던 것은 모두 선생님들 덕택이다. 연필화에 서정훈, 이기분, 이현정 선생님. 파스텔에 김봉환 선생님께 감사를 드린다. 무엇보다 지금까지 배우고 싶은 공부나 취미활동을 할 수 있었던 것은 남편의 적극적인 격려와 지원이 있었기에 가능했다. 특히 그가 찍은 사진 작품은 내가 그릴 그림의 자료가 되었다. 감사하고 고맙다. 남은 인생 더욱 아끼고 사랑하련다.